講談社文庫

帰蝶さまがヤバい　1

神楽坂 淳

JN053515

講談社

目次

帰蝶さまがヤバい ①

序章

「天下が欲しい」

不意に帰蝶《きちょう》様が言った。

長良川《ながら》のほとりである。目の前には川しかない。川で釣った魚を焼く煙がちらほら見えている。

「でも、女なんですよ」

皐月《さつき》は思わず口答えした。

女に天下は取れない。天下人の母になることはできるかもしれないが、自分で天下を取ることはできない。

世の中はそうやってできているのだ。

女は陰にいるもの、と決まっている。

「女は天下が取れないって、つまらないと思わない？」

「思ったこともないです」

天下を取るとなると、いろいろ考えないといけない。皐月の世の中は帰蝶様で始まって帰蝶様で終わる。

だからそれよりも広い世界のことはよくわからないといえた。

「全然わからないですけれど、きっと楽しいのでしょうね」

「わからないのにそう思うの？」

「帰蝶様が楽しそうな顔をしているから、きっといいことなんでしょう」

「なに、それ」

帰蝶様は声をあげて笑った。

「だって他に考えようがないんです」

皐月は素直に答えた。

「皐月の一生はわたくしと一緒にあるのだから、関係あることなのよ」

「わたしは、帰蝶様の食事を作ったり身の回りの世話をするのが仕事なので。帰蝶様が天下人でも、漁民でも変わりません」

「わたくしが漁師になっても世話をするの」

「はい」

「漁師だとお金払えないわよ」

「わたしも働きますから」

そう答えると、帰蝶様は黙ってしまった。

「本気よね？」

「はい」

「馬鹿ね」

帰蝶様はくすくすと笑う。

「真面目《まじめ》に言っています」

「そうね。皐月はいつも真面目よね」

言ってから、帰蝶様はあらためて皐月の顔を見つめた。

「わたくしと二人で天下を取ってくれる？」

どうやら、本当に本気らしい。

「わかりました」

皐月は大きく頷《うなず》いた。

「できることをお手伝いします」

「ありがとう」

そういうと、帰蝶様は嬉《うれ》しそうに皐月を抱きしめた。

「じゃあ、なにか食べて帰りましょう」

「どこでですか？」

「そこらで魚、焼いてるじゃない」

こともなげに言う。

「さらわれたりしないですか？」

思わず心配になる。女は金になる。たちの悪い男からすると手軽な小遣い稼ぎなのだ。どんな身分の女だろうとさらってしまえば関係がない。

ましてや川が近いとなると、船に連れ込んでしまえばいい。

「そのときはそのときね。でも思うのよ。そのへんを通ってる女を見てね、手軽に売り飛ばせる財産だって思う世の中は間違ってるじゃない」

「そうですね」

皐月もそれには同意する。

「それは女が弱いからなのよ。男の財産と思われているから起こるの。だから強い女が出てくる必要があるの」

たしかにその通りだ。でも、考えることはできても、実行するのはそんなに簡単なことではないだろう。

帰蝶様はしゃべりながら、臆せず魚を焼いている男たちに近寄った。四人の男が焚《た》き火《び》で魚を焼いている。

「美味《おい》しそうね。なにを焼いているの？」

「鯰《なまず》だね。今日はよく捕れた」

「分けてほしいのだけれど」

「いいよ」

「お代は？」

「そこで捕れたものだからね。いらない」

男たちは気軽に鯰の串を二本ずつ渡してくれた。

「ありがとう」

「塩振ってるからそのまま食えるよ」

「嬉しいわ」

帰蝶様に手渡された鯰の串を手に取ると、一口かじる。

焼いた鯰はしっかりと火が通っていて、身が甘い。ほこほこした鯰の味わいと、天下というものがまったくつながらなかった。

それでも、なんとかなるだろう。と、皐月は気楽に考えた。
帰蝶様は、皐月には想像もできないようなヤバいひとだから。

一章

日記をつけるべきなのか。

皐月は真剣に悩んでいた。

帰蝶様が天下を狙うなら、日記を書いておいた方がいいような気がする。

女というものはまったく記録に残してもらえないし、家系図にだって名前すら入っていないことが多い。

だから、自分で日記をつけておくしかないのである。

帰蝶様は美濃《みの》の斎藤道三《さいとうどうさん》の娘である。他に妹もいるらしいが、母親が違うので皐月は会ったこともない。

美濃の斎藤家は天下に名前が響いているが、家督はおそらく兄が継ぐだろう。どう考えても帰蝶様の出番はなさそうだった。

すると、政略結婚した相手と天下を狙うのだろうか。

それにしても女である以上、碁石のひとつにしか過ぎない。

どうあっても天下という言葉からは遠いとしか思えなかった。

そんなことを考えていると、不意に戸が開いた。

「父上がいらっしゃるから準備をして」

「お館様が?」

「いま先触れが来たわ」

「わかりました」

皐月はあわてて準備をする。お館様は気まぐれな人物ではない。つまり、なにか目的があってやってくるということだ。

床几《しょうぎ》を準備して、湯を沸かす。

しばらくすると、お館様が足音をあまり立てずに入ってきた。

「皐月か。久々だな」

にこりともせずに声をかけてきた。眼がぎょろりとしていて、皐月は正直お館様が苦手である。

眼の力が強すぎて抑えつけられている感じがする。

お館様は、帰蝶様の方に眼を向けると、言い放った。

「勝手がすぎるのではないか？」

空気の匂いは乾いていた。

三月から四月に切り替わる頃で、暖かくなってきている。といってもいま皐月がいる稲葉《いなば》山《やま》城はまだまだ寒い。

山の上にどすん、と建っていて、町からはかなり離れている。いつ敵が攻めてきても大丈夫なように作られていた。

帰蝶様は、上機嫌に見える表情でお館様の方を眺《なが》めていた。

なにか企《たくら》んでいるときの顔だ。子供のころから帰蝶様の世話をしながら一緒に育ってきた皐月にはよくわかる。

「勝手などではありませんよ。お父様」

「勝手だろう。この手紙はなんだ」

「結婚します」

こともなげに帰蝶様が言った。

「はい？」

脇で聞いていた皐月は思わず声が裏返った。結婚とはなんだろう、と思わず考える。

帰蝶様は、なんといっても美濃の斎藤道三の娘である。「まむし」と恐れられる戦国武将で、天下を取れるかまではわからないが、天下に影響力のある一人、には違いない。

その娘となると、言ってしまえば「かぐや姫」のようなものだ。

その伴侶選びは、どこの国と手を結ぶかという判断そのものでもある。

だから、帰蝶様の考えひとつで結婚などできるはずもない。

「なぜお前が決めるのだ」

「どうして決めてはいけないのですか？」

帰蝶様は静かな口調で反論した。口調は静かだが、燃えるような瞳でお館様を見つめている。

「お前の結婚はわしが決める」

お館様も睨《にら》み返す。

皐月は、急いでお茶をたてた。こういうときはお茶にかぎる。茶筅《ちゃせん》をばたばたと忙しくかき回して泡をたてるようにすると、甘みが増す。

茶を出すと、お館様は一口飲んだ。

「うまいな」

その言葉にほっとする。頭に血が上っているわけではないようだ。

お館様はため息をついた。

「そこらの男を捕まえて夫婦《めおと》になりたいというわけではないのだな」

「そんなつまらない事は致しません」

「では誰と結婚したいのだ」

「織田三郎信長《おださぶろうのぶなが》」

帰蝶様は静かに言った。

「織田か」

お館様がもう一口茶を飲んだ。

「織田三郎信長」

「いやいや、ご冗談でしょう」

皐月が思わず口をはさむ。帰蝶様は真顔で皐月を見つめた。

「なぜ？」

「え。だって織田ですよ。凶悪な織田。土地も兵力も少ないわりにすぐ攻めてくるじゃないですか。なにかというと美濃にやってきて火をつけていくでしょう」

和平の使者としての結婚というのはわからなくもないが、織田が約束を守るとはとても思えなかった。

「そうかもしれないわね」

「なにかあったら殺されますよ。織田なんてまったく信用できません」

皐月が言うと、お館様が止めに入った。

「そういうな。織田信秀《のぶひで》殿は立派な武将だ。領地が接しているから争っているが、ひとかどの人物なのは間違いない」

「しかし結婚相手としてはどうでしょう」

「でもする」

帰蝶様はきっぱりと言った。

どうやら、なにか思うところがあるらしい。皐月には帰蝶様の考えはさっぱりわからない。

使用人として仕えてはいるが、帰蝶様はどちらかというと姉のようなものだ。

皐月のような使用人が主人を姉だと思うのは不遜《ふそん》かもしれないが、帰蝶様の方も姉妹のような距離で接してくれている気がした。

だが、それでも帰蝶の言葉はよくわからないことも多い。たとえていうなら、帰蝶は山のふもとから相手に説明することはあまりない。結論というか、山の頂上を並べてしゃべるようなところがある。だから、最初はよくわからない。説明をされるとわかるのだが、それもなかなかしてくれないのである。

「考えを聞こう」

お館様が落ち着いた声で言う。

どうやら帰蝶様の話に興味を持ったようだった。

それにしても織田か。と皐月は思う。

織田はいまのところ、美濃にとっては一番うっとうしい。

去年の九月には美濃に攻め入って来て村を焼き払った。そのときは美濃勢がなんとか勝利して、同じ年の十一月には美濃側が大垣《おおがき》城を攻めた。

そのようにして一進一退が続いていて、和睦《わぼく》もままならない状態だ。

だから帰蝶様が織田に嫁ぐのは悪い話ではない。織田が約束を守ればという条件はついているが。

「織田ということなら悪くない。あちらからも、お前を娶《めと》りたいという書状が来ているからな」

「では好都合ですね」

帰蝶様が笑顔を見せた。

「ただし条件がある」

「なんでしょう」

「嫁いだあと、織田の情報をこちらにまめに送るのだ。戦が始まったときのために」

「わかりました」

帰蝶様が頭を下げる。

「ところで、なぜ織田に嫁ぎたいのだ。話に聞く限り、織田三郎というのはうつけだと言われているが。弟ならともかく兄に価値はないだろう」

お館様が言うと、帰蝶様はくすくすと笑った。

「だから嫁ぐのです」

「中から織田をかき回そうと言うのか？」

「いえ」

帰蝶様は笑顔を消さないままにお館様を見つめた。

「父上を殺せる男と見込みました」

当たり前のように帰蝶様が言う。

「わしをか」

「はい」

「なぜだ」

「器が大きいと、うつけに見えるもの。おそらくあの方は、器量のある方には大人物に見え、ない者にはうつけに見えるのでしょう」

「ずいぶん買ったものだな」

お館様は一気に茶を飲み干すと立ち上がった。

「だが、お前の申し出は美濃にとって悪いことではない。少し考えることにする」

そういうと、未練なく去って行った。

「ありがとう。皐月」

「なにがですか」

「なにがって、助け船よ」

「なにかしましたか」

「あそこで皐月が織田のことを悪く言ったから、お父様はなんとなく織田のことをかばう気持ちになったのよ」

たしかに、誰かが悪口を言っているとついかばいたくなるものだ。皐月が織田の悪口を言ったことでお館様は、なんとなく織田の肩を持ってしまったというわけだ。

「ところで、お館様を殺すなどというのは言い過ぎではないですか？」

「なぜ」

「だってお父様ですよ」

「その前に男でしょう」

帰蝶様はきっぱりと言った。

「味方でないなら殺すわ」

家族、というような感覚は目的の前にはあまり意味がないらしい。殺す、といったときの帰蝶様の眼はとても綺麗《きれい》だった。

「そうですね。殺しましょう」

皐月は思わず賛成する。皐月は帰蝶様に仕えているのだから、帰蝶様が殺すと思ったのであればそれでいい。

「だからお前も織田にくるのよ」

「そうなりますよね」

皐月は「帰蝶様の」付き人だから、帰蝶様が行くといえばどこにでも付いていく。いずれにしても、織田との顔合わせがあるだろう。信長というひとはそのとき見ればいい。

「では、顔合わせの準備が必要ですね」

皐月が言うと、帰蝶様は首を横に振った。

「ないわ。皐月と行くだけだから関係ないし」

「本気ですか？」

「本気ってなによ。嫁ぐのはわたくしなんだからそれでいいじゃない」

よし来た。

皐月は心を落ち着けることにした。

世の中の常識を全部踏み越えていく帰蝶様を相手にするには、世の中の常識を自分の中で唱え、心構えを持つのが一番だ。

そうでないと常識に負けてしまう。

まず、いまは天文《てんぶん》十七年。世の中は群雄割拠《ぐんゆうかっきょ》でみなが天下統一を狙っている。もちろん美濃もそうだ。

だから結婚となると、それなりの儀式があり、同盟としての話し合いもある。ふらっと「嫁に来ました」などということは絶対にない。

一体どういった手順を踏めば、なんとなく嫁に行けるというのだろう。

「途中で賊に襲われたらどうなさるのです」

「本当に二人ではないわよ。護衛は連れていく。精兵を四十騎選ぶわ。全員馬だけで移動するから問題ない」

「馬だけ、ですか」

なるほど。と皐月は思う。

騎馬だけ四十名というのが、おそらく同盟の意思を表すのだろう。

馬は貴重だ。戦をしたあとでも、「馬交換」という時間があって、戦場で死ななかった敵の馬はお互い返すというしきたりがある。

武田《たけだ》の騎馬隊とて、有名ではあるがほとんどが歩兵である。本当に馬だけで移動する部隊など持っているところはない。

もちろん美濃にもない。

だから、騎馬だけの部隊で移動となると、山賊などでは怖くて近寄ることもできないだろう。

「あの、聞いていいですか」

「なに？」

「どうして騎馬だけの部隊を作ろうと思われたのですか？」

皐月が聞くと、帰蝶様は声を上げて笑い出した。

「大好きよ。皐月。あなたのそういうところ」

「そういうところって？」

「普通は、あちらでの待遇はどうですか、とか。信長という人はどんな性格ですか、とか。そういうことを聞くものでしょう。それが、どうして騎馬だけの部隊を作ろうと思ったのか、ですって。笑わずにはいられないわ」

そういわれるとそうかもしれない。皐月としては、待遇や相手の性格はあまり気にならないのである。どうせ自分は帰蝶様のものだから、考えても仕方がない。

それよりは騎馬だけの部隊の方が気になってしまう。

「物を見るときの目線というのはそんなに簡単には変えられない。だから身分とか財力ではなく、目線で男を選びたいの」

「それが信長様なのですか」

「そうよ。なかなか面白い」

「どこがよかったのです？」

「鉄砲を持ってる。ざっと数えたところ五百くらい」

帰蝶様はさらりといった。これはとんでもない数である。鉄砲は、これからいろいろなものを変えるという最新の武器だ。

堺《さかい》の商人がやっきになって調べて作ろうとしている。だから、いまこのときに五百もの鉄砲を持っているというのはありえないことだ。

「信じられません」

「どうして」

「だって、鉄砲ってまだ知らない人の方が多いし、一丁持っているだけですごいんですよ。五百なんて作れるわけないじゃないですか」

言ってから、少し後悔する。帰蝶様が嘘《うそ》をつくはずがないのだ。考えて、皐月は頭を下げた。

「見てもいないのに信じなくてごめんなさい。信じます」

「見ていないのに信じるの？」

「帰蝶様の言葉ですから。疑いません」

それから皐月は、あらためて聞いた。

「米は美味しいですか？」

「なに。それ」

「だってこれから暮らすのでしょう。米がまずかったら暮らしにくいではないですか」

美濃は米が美味しい。米どころとしては天下一ではないかと思っている。信長がいまいるのは那古野《なごや》である。近いといっても美濃とは違うだろう。

帰蝶様は皐月の作ったものを食べる。他の者の料理は口にしないことが多かった。ひとつには、毒を警戒している。帰蝶様を殺したいだろう人間には心当たりが多い。

もうひとつは、一緒に育っているだけに味の好みが近いのである。

「そうね。米は届けさせる。お父様にもそう言っておくわ」

「ついでに手紙を行き来させる道も確保できますものね」

皐月が言うと、帰蝶様はまた声をあげて笑った。

「ねえ。皐月。聞いてもいい？」

「なんでしょう」

「お前は、本気でわたくしが父上と殺し合うと思っている？」

「さっきおっしゃったからそうかもしれません。でもお父様とはない気がします。ただし、兄上様とはあるかもしれません」

と言って皐月は一度言葉を切った。使用人としては、いくらなんでも踏み込んではいけないところに踏み込んだ気がする。

帰蝶様の兄の義龍《よしたつ》は、道三の実の子ではないと噂《うわさ》されている。道三は美濃国を前の領主から奪い取ってその座についた。

義龍は、前領主の子だと言われている。道三は義龍を可愛《かわい》がっていないわけではないが、親子の間には微妙な溝があった。

もしかしたら、帰蝶様は自分の命の心配もあって織田に行こうとしているのかもしれない。もっと有力な大名に嫁いだら、警戒した義龍に嫁入り前に殺される危険がある。

その点織田なら、当面は警戒されないだろう。そのくらい、道三と、織田家の当主織田信秀には力の開きがあった。

「兄上様とはなに」

帰蝶様が笑いを含んだ声で言う。あきらかに面白がっている様子だ。

まあ、思っていることを隠していても仕方がない。

「帰蝶様は、兄上様とは殺し合うことを予感しているのではありませんか」

「どういう状況で？」

「お館様が殺された場合です。そして、それはそんなに遠くない時に起こるのではないでしょうか」

「どうしてそう思うの」

帰蝶様が真顔になった。帰蝶様は相手の言葉を聞き流したり、茶化したりすることは決してしない。いつでも正面から受け止める。

だから皐月の側も、いつもまっすぐに話すようにしていた。

「嫁入りが早すぎます。そもそも婿《むこ》殿の顔も見ないで嫁に出すというのはおかしいです。もしかしたら、明日にでも戦が起こるかもしれないという気持ちがあるのではないでしょうか」

「それだけ？」

「騎馬を四十騎も出すのは、なにかあったときのために織田に貸し与える予備の戦力ではないかと思います」

「いい読みね。大体合ってるわ」

そういうと、帰蝶様は一瞬考え込むような顔をしてから、ぽん、と手を叩《たた》いた。

「お腹《なか》がすいた。そろそろ食事の時間でしょう」

「わかりました」

立ち上がると、食事の準備にかかる。

人懐こい一面があるわりに、帰蝶様は人間を信じていない気がする。

厨房《ちゅうぼう》に入ると、まずは猪《いのしし》の状態を確かめた。帰蝶様は肉が好きである。猪でも鹿《しか》でも兎《うさぎ》でもなんでも口にする。もちろん鳥も好きだ。

斎藤道三の一族で肉を口にするのは多分帰蝶様だけである。男連中は血というだけでなんとなく臆してしまって誰も食べようとしない。

皐月も最初は驚いたが、いまではすっかり肉が好きになっていた。魚にはない美味しさがあるうえに、元気が出る。

猪の身でも、脂《あぶら》で真っ白になっている部分があるのだが、そこが美味しい。でもそこを美味しいと思うのは女だけで、男には味が強すぎるらしい。

薄く切って味噌《みそ》で煮込むと、とろけるような旨《うま》みが出る。

瓜《うり》と、そして山ごぼうを準備する。いまはどちらも季節ではないが、猪と煮込むならあまり関係がない。

山ごぼうは塩漬けにしておいたものを使う。瓜はまったく熟《う》れていないが、薄切りにして味噌で煮込めば柔らかく美味しくなるのである。

猪と瓜と山ごぼうを味噌で煮る。猪の肉はいくら煮ても固くならない。柔らかく美味しいままである。

「できました」

猪の入った鍋とご飯を持って帰蝶様のところに運んだ。

「ありがとう。皐月も食べなさい」

食事のときには、帰蝶様はかならず皐月も目の前に座らせて一緒に食べる。

一人だけだと寂しいらしい。

皐月としても二人で食べた方が美味しいから、それは大歓迎だ。

猪をおかずにご飯を食べるといくらでも入る気がする。煮込んだあとの汁は、猪の旨みが溶け込んでしびれるほど美味しい。

食べている間は思わず無言になってしまう。

「あの四十騎は、戦のときの決め手になる人たちよ。特別に貸していただいたの」

「そんなに強いんですか？」

「強くはないわ。彼らは大工だから」

「大工？　それが戦に関係あるんですか？」

「あるわ。大工こそ戦の要《かなめ》なのよ」

「どうしてですか？」

「どうしてだと思う？」

そう言われて、皐月は考え込んだ。これは自分で考えろということだろう。単純に答えられたのでは聞き流して覚えないから、大事なことは自分なりに考えるまで答えてくれない。

つまり、これはかなり大切なことなのだ。

大工、というと家を建てるというのが皐月の印象である。しかし、わざわざ連れていくからには戦が関係しているに違いない。戦場で家を建てるということはないだろう。

あるいは砦《とりで》を作るのだろうか。

しかし、そう都合よく戦場で砦が作れるとも思えない。

「全然わからないですね。大工がなんの役に立つんですか？」

「道を作るのよ」

「道？」

「そう。道。戦で一番重要なのは道なのよ。道を作れる大工を連れていく」

「歩く道ですか？」

「そうよ。戦場に行くときに道が悪ければ、それだけで疲れてしまうでしょう。道を整える大工こそ、戦の要なの。だから、戦が得意な大工を連れていく」

道、というのは考えたことがなかった。言われてみれば道が悪いとたしかに疲れるから、兵士の体力を考えると道は整っていた方がいい。

「お館様のお考えなのですか？　大工というのは」

「父上は多少考えているという程度ね。まだ本当の意味では気が付いておられない」

「お兄様は？」

「考えたこともないでしょうね」

帰蝶様は楽しそうに笑った。

「そのうち殺す相手だから、教える気もない」

さらりと言った。やはり、兄とはいずれ一戦交えるつもりなのだろう。そのときの相方として織田を選んだというわけだ。

それにしても、鉄砲五百丁。どうやって揃《そろ》えたのか気になる。海外との交易をどこかでしているということになる。伊勢《いせ》湾に外国の船が来ているのかもしれない。

そう考えると、伊勢湾を抑えている大名が強いということになる。那古野が天下の足がかりに向いているというわけだ。

天下、まで考えて、皐月は思わず首を横に振った。美濃にしても尾張《おわり》にしても、天下を狙うほどには大きくはない。

だが。と、皐月はあらためて帰蝶様を見た。

このひとならあるいは。

天下を狙うことができるのかもしれない。

そんなことが頭をかすめる。

といっても、このときの皐月からすると、それは夢物語ともいえない、ただの夢想でしかなかった。

一方、帰蝶の方は、まったく夢ではなく天下を狙っていたのであった。

天下、というのはある種の「気のせい」だと帰蝶は思っている。天下万民の大きな気のせいである。

それだけに、夢を見せる資格が必要だった。

帰蝶の見るところ、織田三郎信長にはその資格がありそうだった。帰蝶が織田の土地を探らせたところ、武士からの評判がすごく悪い。「うつけ」とか「たわけ」という評判で溢《あふ》れていた。

反面、農民や商人からの評判はいい。

これは、信長がうつけとはまるで逆の人物だということだ。ただし、既存の支配者にとっては都合が悪いということでもある。

帰蝶にとっては、いままでの大名と違う種類の人間であるのは重要なことだ。女はただの道具で、財産の一種という考えが日本には満ちている。

武田にしても上杉《うえすぎ》にしても、口では綺麗ごとを言っても戦に勝てば城の女を当たり前のように売り出して金に換える。

裕福な商人は昨日まで仕《つか》えていた領主の子女を妾《めかけ》にするのが楽しみだったりもする。

愛情だなんだといっても、女は金に換えられる財産のひとつなのだ。そうでなければ政略結婚の道具である。

家系図も女はきちんとした形では載らないことが多いのだから、生まれていたかどうかも定かではない。

帰蝶自身はあぶくのように消えてもいいが、女が生まれたかどうかもわからない国というのは気分が悪い。

だから、多少は女に価値のある国を作りたいのだが、実現するには自分が女だというのが一番都合が悪い。

だから男を手玉に取るしかないのである。

といっても、条件を満たす男はそういない。その中において、織田三郎信長はなかなかの好条件ということができた。

信長の館の女中のなかに、何人もの間者を放ってある。もちろん織田だけではなく、いい男がいる大名の館にはたいてい放ってあった。

帰蝶の条件は、肚《はら》が据わっていて寂しがりやであること、であった。肚が据わっていない男にはなにもできないから駄目である。

そして、寂しがりやでないと相談してこない。

信長は、大胆で繊細で寂しがりやだという報告があった。ここは合格である。

あとは信長に恋をすることができるかが勝負であった。いくら取り繕《つくろ》っても、本気かどうかはわかってしまう。

本気でない女に肩入れする男はいないだろう。だから、帰蝶にとって最大の賭けは、自分が恋することができるかどうかであった。

そこは帰蝶にもわからない。恋心とはどういうものなのか経験がないだけに、なんともいいようがなかった。

しかし、そこさえうまくいけば、少なくとも無駄な一生で終わらなくても済む気がする。といっても帰蝶は、世間知らずの小娘であることには違いない。皐月がいなければまともな日常生活を送ることもできないだろう。

帰蝶の人生に付き合わされる皐月はたまったものではないかもしれないが、そこはあきらめてもらうしかない。

いずれにしても、帰蝶の人生に皐月は不可欠な存在だし。

帰蝶の人生の物語はここから始まることになる。


四月の中旬、帰蝶様は那古野に向かって馬を進めていた。小さいころから乗馬が好きな帰蝶様からするとかなりゆっくりな速度である。

皐月にも物足りない速度だが、ここは急いではいけないところだ。輿《こし》入れの旅なのにあまりにも素早く移動しては進軍のようだからだ。

信長様はともかく、織田家の家臣に不信感を抱かれてはならない。

全員騎馬の四十二人で押しかけては、警戒してくれといわんばかりである。が、帰蝶様は気にもとめていないようだった。

「帰蝶様」

「なに?」

「これではまるで攻め入るような感じです。大工とはいえみな鎧《よろい》をつけての騎馬。それに荷物などはなにもかも置いてこられてしまっていいのですか」

「着物などは用意させる。美濃のものはいらぬ」

上機嫌な表情のまま帰蝶様は言った。

「美濃を捨てるのですね」

「米と情報以外は」

きっぱりという表情を見て、この人は案外美濃が嫌いだったのか、と思いいたる。

もちろん領主の娘だから大切にはされていたが、「女」だという「身分」がそもそもいやだったのに違いない。

しかしそれは織田に行っても同じことのように思われた。

「そろそろ織田領ね」

帰蝶様が言った。

「迎えが来たようです」

遠くに武士団の姿が見える。十人ほどだろうか。帰蝶様を迎えに来たにしてはやけに人数が少ない。

「賊かもしれません」

皐月は帰蝶様の前に出た。

「変な人が先頭にいます」

先頭に立っている男は、茶筅髷《まげ》を結《ゆ》っていた。もとどりのところは赤い糸で結んでいる。湯帷子《ゆかたびら》に半袴《はんばかま》という雑な恰好《かっこう》であった。

しかも、供の連中は全員真っ赤な鎧姿である。

とてもまともな相手とは思えない。

おつきの侍たちが、一斉に帰蝶様の周りに集まった。

「あれが三郎殿よ」

帰蝶様が落ち着いた声を出した。

「本当ですか？」

皐月が思わず声をあげる。

「間違いないわ。聞いていた恰好と同じ」

目の前の男は、どう見てもまともではない。賊にしか見えない。あれが領主の候補だというなら、たしかにうつけに見える。

信長様が、正面から近づいてきた。後ろの連中も一緒に進んでくる。あちらも全員が騎馬であった。しかも、一糸乱れぬ動きである。

賊にはとてもできない。というよりも、普通の武将ではこの統率はとれないのではないかと思われた。

この恰好で統率のとれた部下がいるということは、かなり尊敬されているということだ。見た目であなどると痛い目にあいそうだった。

「はじめまして。帰蝶です」

帰蝶様はそういうと、笑顔を見せた。

「そうであるか」

信長様の声は思ったよりも高かった。見た目の印象と違って可愛らしい声である。見た目の粗暴さは照れ隠しなのかもしれない。

二人は並んで馬を進めはじめた。といっても会話はない。ただ黙って馬の轡《くつわ》を並べているだけである。

皐月は後ろからついて行きながら、やはり黙っていた。

なにも会話していないが、呼吸をはかっているように見えた。そして、信長様の後ろと帰蝶様の後ろには、隊列を乱さない部下がつづく。

むしろ部下の方が緊張しているようであった。

ここで隊列を乱しては主に恥をかかせることになるからだ。いずれにしても、どちらも手練《てだ》れには違いない。

よく見ると、信長様の部下は若い。下は十五歳くらい。上でも二十歳はいっていないようだ。

だが、動きには隙《すき》がない。

どのように訓練を積んでいるのかわからないが、何人くらい直接の配下を抱えているのか気になった。

信長様はたまに腰につけた餅《もち》をかじりながら馬を進めていく。

日が暮れる前に、信長様の館らしいところに着いた。なかなかに簡素で、世継ぎが住むような館には見えない。

「ここは俺の別邸でな。しばらくここに住むがよい」

信長様が笑顔になった。

「お披露目《ひろめ》はしばらく先だ」

「かしこまりました」

帰蝶様が普通に頭を下げた。

いやいや、と皐月は思う。

ここで「お披露目は先」はあり得ない。どう考えても、結婚するという約束はしたけれどもいつでもひっくり返せる、という構えだ。

しかも、両家とも同じことを考えているという図式。

なかなか前途多難な結婚である。

「とにかくなにか食べることにしよう」

信長様が館の中に入る。あとをついていくと、館の中では食事の準備が進められていた。何人かの男が忙しく働いている。

「女中が働くのではないのですか」

皐月が言うと、信長様が皐月の方を振り向いた。

「女だと、襲われたときに戦力にならぬからな。俺の館には男しかおらぬ」

それから、大きく声をあげて笑った。

「それにな、男だけの方が楽なのよ。女は男のように馬鹿ではないからな。なんとなく遠慮してしまう」

女は馬鹿だ、というのはよく聞くが、女は男のように馬鹿ではない、というのは珍しい。このひとは、普通の武将とは少し違った考えを持っているようだった。

「まずは織田の飯を食うといい」

「わたくしの隣に座りなさい」

帰蝶様に言われて大人しく座る。

部屋の中に、信長様と帰蝶様、そして皐月の三人が座った。どちらの部下も部屋の外で座っている。

「いいのですか？」

問いかけると、信長様は首を縦に振った。

「あいつらとの挨拶《あいさつ》は明日だ。今日は我らの挨拶であろう」

それから、帰蝶様をまじまじと見た。

「話に聞くより美しいな。それにしても、よく俺のところなどに嫁に来る気になったな」

「先ほど」

そう言って帰蝶様は一度言葉を切った。

「先ほど嫁に来る気になりました」

「理由は？」

「そのお召し物です。わたくしの好みです」

「どこがだ」

「隙がありません。腰にあるのは食べ物ですよね。満腹にならぬ程度に少しずつかじっている。つまり、生活すべてが戦でできているのです」

帰蝶様の言葉に、信長様はにやりと笑った。

「お前は、戦の中に生きたいのか？」

「天下を握りたいのです」

帰蝶様は真顔で言った。

「俺は取れると思うのか」

「わたくしがいれば」

帰蝶様が胸を張る。

「お前がいれば、なのか」

「はい」

帰蝶様を見て、信長様は腕を組んだ。

「お前の自信がどこから来ているのかわからないが、なんとなくその気になるな」

「本当のことですから」

帰蝶様が答えたときに、丁度食事が運ばれてきた。

食事は鍋であった。

味噌でなにかを煮てあるようだ。汁を飲むと、旨みがからみあっている。さまざまな魚や貝、海老《えび》などの風味が豊かである。

「美味しいですね」

素直に言う。

「雑魚《ざこ》鍋というのだ」

信長が胸を張った。

「雑魚鍋ですか？」

帰蝶様が尋ねた。

「うむ。この鍋に入ってる魚には特に名前はない。だから雑魚というのだ。しかし、鍋の中であわさると、なんともいえぬ旨みが出る。名がないからといって手柄をたてられないわけではないということだな」

たしかに雑魚鍋には目立った主力はいない。だが、どれからも旨みが引き出されている。帰蝶様は、するすると鍋を腹におさめてしまうと、皐月に視線を向けた。

「いつもの鍋を作るのにどのくらいかかるかしら」

「準備はしてありますから明日には」

「では、明日の夕食は皐月が作れ」

それだけいうと、帰蝶様は、信長様とたわいない雑談をした。

そして、食事が終わった。

「今日は初夜というものをおこなうから、皐月は下がるがよい」

帰蝶様が凛《りん》とした声で言った。

「もうでございますか」

「ぐずぐずする意味はないであろう」

きっぱりと言われて、皐月は素直に退散した。


そして翌朝。

帰蝶様は這《は》うようにして部屋に戻ってくると、寝ている皐月に抱きついてきた。夜着ではなくて薄い着物を着ている。

「どうしたのですか」

「もう初夜はいやよ」

「なにかひどい目にあったのですか？」

「痛い。わたくしはなにかあったときに喉を突く自信がついたわ」

「そんなに痛かったのですか？」

「皐月も経験してみるとわかる」

体を丸めているところを見ると、本当に痛かったらしい。

「それで、信長様とはうまくいきそうなのですか」

「ええ。いくわね」

帰蝶様は自信がある様子だった。

「少し似ているの。わたくしと」

「どこがですか」

「居場所がないところよ」

居場所、と言われて皐月は納得した。

帰蝶様は、たしかにお館様の娘だが、家族かと言われるとそうとも言い切れない。

お館様の家族はあくまで長男の義龍様、次男の孫四郎《まごしろう》様、三男の喜平次《きへいじ》様の三人で、帰蝶様は家族の中に入っていない部分がある。

理由は単純で、「女だから」である。

そういう世の中だから仕方がないのだが、帰蝶様は納得したくないようだ。

「信長様も居場所がないのですか」

「ええ。父親も家臣も、みな弟の方になついているから。信長様の味方は平手《ひらて》という老臣だけという有様よ」

「では、廃嫡《はいちゃく》もありえるのですね」

「あるわね」

帰蝶様は頷いた。

「はずれですか？」

「いえ。あたりよ」

帰蝶様は、くく、という含んだ感じで笑った。

「あの人は天下を狙える器よ」

「そうなのですか？」

「ええ。先を読む力は大したもの。ただ、先を行き過ぎる。あれでは、家臣は全くついていけないでしょう」

上に立つ人間は、少し愚かに見える方がいい。家臣が守《も》り立てる甲斐《かい》を感じるからだ。上の人間が才気に溢れすぎるとかえってやる気を失うこともある。

「帰蝶様は、どんなところが先を行き過ぎていると思ったのですか」

「この世のさまざまなものが飾りだというのよ。大名も、所詮は飾りだと」

「飾りですか。しかし、大名がこの世を治めているではないですか」

「そこが気のせいだと言うのよ」

帰蝶様は嬉しそうに笑った。

「誰の気のせいなのですか」

「民」

帰蝶様がきっぱりと言う。

「よくわかりません」

「簡単に言うと」

と、帰蝶様は言葉を区切った。唇に右手の人差し指をあてて少し考える。

どうやら、信長様とは話が合ったようだ。帰蝶様と話が合うのであれば、たしかに家臣の多くとは合わないかもしれない。

「大名は米を作れない。米を作る民が慕ってくれるからなんとなく税を取っているだけなのよ。もし世の中が完全に治まっているなら、農民と商人と職人がいればいい。武士などは戦を起こして世の中を荒らすだけで山賊と変わらないわ」

「でも、武士がいないと攻められてしまいますよ」

「攻める奴《やつ》がいるからね。もしいなければ、武力もいらないでしょう」

「たしかにそうですが、でも武士の信長様がおっしゃることとは思えません」

「武士などもそのうちいなくなるそうよ。というか、武士も朝廷も、滅ぼしてしまうのがいいのですって」

「へ、へえ」

信長様がうつけ、と呼ばれている理由がなんとなくわかる。武士が世の中の中心なのにもかかわらず、武士がいなくなる、と言われては誰も納得しないだろう。

「帰蝶様はどう思われたのですか？」

「やりたい。朝廷も武士もみんな滅ぼしたい」

うきうきした様子で帰蝶様は言う。

そして、きっと実行しようとするだろう。帰蝶様と信長様の組み合わせは、最高に相性はいいかもしれないが、最悪な戦乱を世の中に起こすかもしれない。

しかし、「滅ぼす」と口にしている帰蝶様はとても楽しそうだった。

「皐月、今夜はあれをお願い」

帰蝶様が抱きついたうえで頬《ほお》を皐月の頬にこすりつけてきた。どうやら本当に信長様と盛り上がったのだろう。

「無事に恋はできましたか？」

「できた」

帰蝶様がかすかに頬を赤くした。

「ちゃんと恋した」

「皐月はそれが一番嬉しいです」

「恋が？　天下ではなくて恋が一番なの？」

帰蝶様が驚いたような顔になった。

「好きなひとができることが一番大切でしょう。天下はその次ですよ。好きなひとがいないと天下を取っても幸せにならないでしょう？」

「天下を取れば幸せな気がする」

言いながら、帰蝶様が眉《まゆ》をかすかにしかめた。どうやら、恋と天下をはかりにかけているらしい。

「両方取ることにするわ」

しばらく考えて、帰蝶様は晴れ晴れとした表情を見せた。

「片方しか取ってはいけないということはないでしょう」

「たしかにそうですね」

皐月も頷いた。どちら、という考え自体が本当はおかしいのだ。両方手に入ればそれでいい。

「皐月はなにが欲しいの」

「そうですね」

問われて皐月は考える。皐月の望みはなんだろう、と思う。生きていればそれでいいというところはある。

天下も欲しくないし、恋がしたいわけでもない。

「帰蝶様のことをそばでずっと見ていたいです」

「なに、それは。皐月の人生なのよ」

「わたしの人生は、きっと帰蝶様を眺めてすごすことなんですよ」

言って納得する。なんというか、きっと皐月の感情こそ、恋に近いのだろう。帰蝶様の毎日に一喜一憂して生きていく人生。

夫が欲しいとも思わない。帰蝶様以外はなにもいらない気がした。

「では、わたくしは皐月が退屈しないように頑張らないとね」

「はい。そうしてください」

「天下を取るから見ていてね」

話しているうちに、帰蝶様は少し回復してきたようだった。

「今夜、わたくしたちだけで食事をしますから。用意をしてね」

「はい」

皐月は元気よく答えると。

信長様の歓待の支度にかかることにしたのだった。

その夜。

どすん、と信長様の前に鍋を置くと、その顔色が少し変わった。

「これはなんだ？」

「猪でございます」

「美濃では猪を鍋にするのか？　耳にしたことはないのだが」

「美濃の人間は食べませんよ。わたくしの好物なのです」

帰蝶様が笑顔を見せた。

「血の臭いが体についたりはしないのか」

「味噌で臭いはすっかり消えております。とても美味しいですよ」

帰蝶様が言っても、信長様はなかなか箸《はし》が伸びないようだった。

「信長様はこれから人を食って生きるのでしょう。猪の肉ぐらいで怯《おび》えてしまってはどうにもなりませんよ。これから食べる肉は猪より血の臭いがします」

「その肉の中にはまむしも混ざっているのか」

「もちろんです」

帰蝶様は楽しげに笑った。

心が明るくなるようないい笑顔である。

「であるか。そうだな。食べるとしよう」

信長様は、煮えている肉を口に入れた。

「ほう。これはたしかに美味《うま》いな。魚の味とは全く違う。一緒に入っているのは野草であるか」

「はい。筍《たけのこ》にイタドリ、コゴミ、わらび、ぜんまいなどです」

「野趣あふれる味だ。うまい」

信長様はすぐに気に入ったようだった。

「これを食べたことがないというのは不覚であった。今後はもっと食べることにしよう」

それから、皐月の方に体を向ける。

「この肉は干して持ち運べるのか？」

「それは、糧食にできるか、ということですか？」

「そうである」

「できると思います。干すか、味噌漬けにすればいいかと思います」

「両方作ってみてくれぬか」

「かしこまりました」

どうやら、信長様の中の戦の心が反応したらしい。それにしても、どこがそんなに気に入ったのだろう。

「よろしければ、猪のどこが気に入ったのかを教えていただいてもいいですか」

「食べたところ、この肉は体を温める気がする。戦場においては、体が冷えることが最も恐ろしいからな。体を温める食べ物ならそれに越したことはない」

確かにそうだ。雨が降っていなくても、外で寝れば夜露に濡《ぬ》れる。どんなにしっかりと蓑《みの》を着込んでいても、寒さに震えることに変わりはない。

「そうですね、戦場では寝所があるわけではないですから」

皐月がなにげなく答えた。

「そうね。寝所がないのは問題だわ」

帰蝶様が言った。

「信長様。わたくしたちの戦は寝所を作りましょう」

「突然なにを言うのですか」

皐月は言葉を遮《さえぎ》った。戦場は遊びではないのだ。ゆったりと寝所で休むというのはあまりにも夢物語だろう。

だが、信長様はそうはとられなかったようだ。

「寝所か。それは考えなかったな」

「本気なのですか」

皐月が問い返す。

「うむ。戦とはいかに兵たちが気持ちよく戦えるかというのが大切だ。人間は少し喉が渇いただけで戦う力が大幅に落ちる。怪我《けが》もそうだ。小指の先を切っただけでも戦う力は三割も減る。寝不足も駄目だ」

そう言ってから、信長様は大きく頷いた。

「この先の戦は、兵士以外の人間をいかにうまく使えるかにかかっていると言ってもいい。その中でも大工は特別重要になるだろう。美濃からつれて参った者どもを、戦《いくさ》大工と名付けて重用しよう」

「ありがとうございます」

戦大工。言っている意味はわかる。良い道を進めば疲れないし、水を飲む場所があれば体力が落ちないですむ。

食事も、空腹になる前に少しかじるだけでも違う。

そういえば、信長様はいつも腰に食べ物をくりつけている。行儀の悪いうつけ者と噂される一因だ。

だが、そこが戦場だとしたらどうだろう。信長様の恰好といい、食べ方といい、作法にかなっているのではないか。

今は戦場だということを理解できない周りの方がどうかしているということもできる。

昨日と同じ今日、今日と同じ明日が来ると思っているから、安穏《あんのん》と眠ることができるのであろう。

明日は今日と違う戦乱の中にある。そう思える人間が一体どれほどの数いるというのだろう。

こうやって食事をしていてすら、戦場の兵士に対しての気遣いが話題にできるのであれば、確かに天下を狙う器のような気がした。

「他にも何かあるか。兵士を元気づける食べ物があるなら何でも良いぞ」

「山の民の食べ物でもよろしいですか」

「言ってみよ」

「熟《な》れ肉というものがございます。肉にきつく味噌をして、藁《わら》でくるみ、縄でぐるぐると縛ったものを腰に下げておきます。野山を半日ほど駆け回ると、肉に塩が染み込んでちょうど良い塩梅《あんばい》になるのです。少々臭いがしますが、美味しいうえに精がつくと聞き及んでおります」

「そうか。それはいいな。腹が減っておれば臭いなど気にならぬし、旨いのであれば慣れるであろう。やはり猪で作るのか」

「これには鹿がよいそうでございます」

「ではまかせる」

信長様は、子供のような表情で皐月に言った。

この二人は、もしかしたら両方とも子供なのかもしれない。子供の心を持った武将というのは案外強いものなのだろう、と皐月はなんとなく思ったのであった。

そして翌日のことである。

「皐月、こちらに来て」

帰蝶様が皐月をいざなった。

「なんでございましょう」

連れられていくと、一人の男が立っている。年齢は三十歳というところだろうか。

脇に信長様が立っていた。

「橋本一巴《はしもといっぱ》と申す。よろしく頼みます」

一巴と呼ばれた男は、火縄銃を二丁持っていた。

「よろしくとはなんのことですか」

皐月が聞き返すと、帰蝶様が微笑《ほほえ》んだ。

「今日から鉄砲の修練をするのです」

「なぜ」

皐月がつい聞き返した。

「女が銃を撃てるなら、兵士が一気に増えるでしょう」

帰蝶様が当然のように言う。

「そんなことができるのでしょうか」

「できるわ。刀と違って、男が撃とうが女が撃とうが威力は同じ。それならば女の鉄砲隊を作った方がずっといいじゃない」

女の戦闘部隊。城に攻め込まれたときに女も薙刀《なぎなた》をとって戦うことはある。だが、城の外で女の部隊が戦うなどということはまずない。

「名前もつけたのよ」

「なんでしょう」

「女騎《めき》っていうの」

「めき、ですか」

「ええ。恰好いいでしょう？」

「なぜそのような部隊を作るのですか」

「戦場で気を緩めたら、女に撃ち殺されるということを、男の体に刻みつけてやりたいからよ」

そう言って、帰蝶様は大きな声で高笑いした。

「できれば兄上の体に直接弾丸を撃ち込んでやりたいの」

信長様も大きく頷いた。

「いいな。好きなだけ撃ち込んでやれ」

一巴と呼ばれたひとも真面目な顔で頷いた。

つまり、ここの人々は斎藤義龍様に弾丸を撃ち込むのが前提らしい。

「皐月もやってみるといいわ」

そういうと、帰蝶様は皐月に鉄砲を渡そうとした。

「わたしはいいですよ」

皐月が断ると、帰蝶様が強引に鉄砲を押し付けてきた。

「一応練習しておきなさい。人殺しの」

それは思ったよりも強い声だった。「人殺しの」という言葉に強い意志を感じる。

確かに女が戦場で男と対等に戦えるなら、それは大きな意味を持つ。

ただし、鉄砲の数は多くはない。大量の鉄砲を持つことができるなら、戦の形が大きく変化すると言ってもいいだろう。

これから鉄砲の時代が来るのだろうか。そうだとしたら槍《やり》を振るって飛び込んでくる男などはただの的にすぎない。

皐月にうまく撃てるかはともかく、鉄砲の撃てる女という存在がなにかの意味を持つことはわかった。

「わかりました」

皐月は鉄砲を受け取った。思ったよりは軽い。農作業をやっているような女なら鉄砲の重さに違和感はないだろう。

鍬《くわ》を振るう方がよほど重労働だ。

「鉄砲は頬で撃つと知るといい」

一巴様が、銃を構えて見せた。

「一発撃ったら弾丸を込めないといけないので、無駄な射撃は命取りだ。しっかり狙うように」

皐月に渡された鉄砲には弾丸は入っていない。素振りではないが、まずは鉄砲になれることが大切らしい。

「見ているといいわ」

そう言うと、帰蝶様はさっと鉄砲をかまえて、一巴様の用意した的を撃った。

綺麗に的に当たる。

「すごいですね」

「踊りのおかげね」

帰蝶様が嬉しそうに言う。

どうやら、踊りの練習の中に鉄砲に通じるものがあるらしい。

「女の鉄砲隊を作るわよ。皐月」

帰蝶様が高らかに言う。

それにはいくらかかるのだろう。と皐月は思わずそちらの方が気になった。

「鉄砲って高価ですよね」

「うむ。かなりの値段がするな」

信長様が答えた。

「それって、戦で捕まえた女を売り飛ばして鉄砲代にするんですか」

思わず聞く。どこの大名であっても金が足りなくなれば女をさらってきて売る。常識以前の当たり前である。

武田信玄《しんげん》など村の女全員を売り飛ばして金に換え、男は金山送りにして武田金山を運営している。

人望厚い名君と言われていてもそれだ。

皐月の目からすると大名というのは大体女を売り飛ばして金を稼ぐ奴である。もちろんお館様も例外ではない。

言ってから、怒られるかと思って信長様を見た。

しかし、信長様は怒るどころか、皐月の疑問は当然だという顔をして頷いた。

「女は売らぬ。約束しよう」

「なぜ売らないと？　義の心ですか」

「すまないが、義というのはよくわからぬ。触れぬし、見えぬからな」

信長様があっさりと言った。

「ではどのような理由で女を売らないのですか」

「損得勘定だな」

「……損得勘定ですか」

信長様の言う意味は皐月にはよくわからない。相手の土地の女を売り飛ばした方が得する気がするからだ。

「なにかあったときに他国の女を売り飛ばす領主は、いざとなったら自分の国の女も見捨てるだろう。領民はそれをどう思う。領民の信頼ほどの財産はないからな」

「略奪もしないのですか？」

「しない。毎回略奪されるとわかっていたら働く気がうせる。領民の財産を守るために領主はいるのだ。これから自分の領土にする民の信頼を奪ってどうする」

信長様の答えは明確だった。しかし、大名らしくはない。大名というのは武士のために領民を犠牲にするのが当たり前だからだ。

「その考えは好ましいですが、配下の方々は納得するのですか？」

「配下の方々？」

「略奪を楽しみに武士をやっている人々も多いではないですか」

武士の役得といえば略奪である。金でも女でも戦場で手に入れて生活の足しにするのがならいであった。

だから、略奪禁止となると信長様を守り立てるつもりがなくなるのではないだろうか。

「それって他の方にも話していますか？」

「もちろんだ。隠すことではないだろう」

なるほど、と皐月は思う。

信長様がうつけと言われる原因のひとつにもなっていそうだった。家臣にとって都合の悪い領主には違いない。

ただ、信長様はもう少し高いところから物を見ている気がした。上からすぎるから、うつけに見えるのかもしれない。いずれにしても、女の立場からいうと断然信長様を支持である。

皐月は、あらためて鉄砲を手に取った。

「頑張って、人を殺そうと思います」

実際にどうなるのかはわからないが、練習はしようと心に決めたのであった。

それからしばらくの間。

帰蝶様と信長様は驚くほど平和な毎日を過ごしていた。

平和と呼ぶべきなのか準備と呼ぶべきなのかはわからない。信長様はあいかわらず野を駆け回っていて、帰蝶様は鉄砲の修練に余念がなかった。

そして皐月は、たまに練習しながらただひたすらに眺めていた。

まさに眺めていたと言うしかない。二人のための食事を作り、洗濯をしながら、天下取りのための準備を眺めていたのである。

信長様のところには、重臣たる武士団がほとんど訪ねてこなかった。かわりにどこからやってきたのかわからない若者が集まってくる。

信長様と帰蝶様は、楽しげに彼らと会話をしていた。

ある日のことである。

信長様と同じような茶筅髷にした山賊みたいな若者が、洗濯をしている皐月にまっすぐに向かってきた。

「精が出るな。お女中」

「仕事ですから」

皐月は答えると、男の顔を見た。年齢は二十歳には達していないように見える。皐月よりは上かもしれないが、まだ少年の面影があった。

「名前は何というのだ」

「まず自分から名乗りましょう」

そういうと、男は驚いた顔をした。

「俺から名乗るのか？」

「わたしは名乗らなくても困りませんよ」

「気の強い女だな。俺は般若介《はんにゃのすけ》。蜂屋《はちや》般若介だ」

「皐月です。見ての通り仕事中ですから、用件があるならどうぞ」

ぴしゃりというと、般若介は困った顔をした。

「用事というほどの用事はないのだがな。名前を聞きたかったのだ」

「満足したならもう行っていいですよ」

般若介はなにか言いかけたが、そのまま去って行った。

それにしても配下が若い。皐月は感心した。それに、先代の信秀様の頃から信長を取り巻いているのは老臣が多い。老臣と若輩の者ばかりで、中堅の人々はみな弟の勘《かん》十郎《じゅうろう》様を取り巻いている。

外から見ると、織田の中心は勘十郎様のように見える。もしなにかあれば、信長様と勘十郎様の戦になるだろう。

信長様の配下は、少年の槍隊と、女の鉄砲隊、そして大工、である。

ただ、槍は普通のものではない。美濃にいたころ使っていた槍より倍も長い。長い方が強いという単純な考えである。

見た目からしてまともな部隊ではない。

だからこそ、なにかのときには勝つかもしれない、と皐月は思っていた。

夜になった。

夜の食事は帰蝶様と信長様は二人でとることにしていた。皐月も一緒である。

今日の食事は、桜海老とシジミとそこらの魚の鍋である。信長様は味噌が大変好きなので、たいてい味噌でなにか煮る。

味噌は体力をつけるらしい。

お酒のときもたいてい焼いた味噌だ。

毎日の平凡な風景がある。

いつものように食事を並べると、信長様が不意に言った。

「般若介を手ひどく振ったようだな」

「え？　なにも話してませんよ」

「そうなのか」

「名乗っただけでなにも言わないので、帰っていいですよって言っただけです」

皐月が答えると、信長様は楽しそうに笑った。まるきり子供のような顔である。この人は大人になるときがあるのだろうか、とたまに思う。

「どうだ。般若介の合戦を見てみないか」

「合戦？」

「おう。ふたてに分かれて合戦の真似事《まねごと》をしているのよ。見ると楽しいやもしれぬぞ」

「そうですね」

正直、どんなことをしているのか見てみたかった。

「それで、頼みがある」

「なんでしょう」

「般若介を勝たせてみてほしい」

「はい？」

皐月は思わず聞き返した。

「どうやってですか？」

「明日、般若介には相手の半分の手勢を与えようと思う。知っておるか。百と百がぶつかると、三割ずつやられるが、百と五十がぶつかると、多い方は十人くらいしかやられない。少ない方があっという間にやられるのだ」

信長様が得意げに言った。そういうものなのか、と皐月は思う。兵力というのは脇から見ているより大切なのだ。

「だが、やる気があるなしも大きい。だから、やる気に溢れた五十と、あまりやる気のない百で争わせてみたいのだ」

「わたしに関係があるのですか?」

「般若介を元気づけてほしい。あれはお前に惚《ほ》れておるからな」

「そうですか」

「気のない返事だな」

「知らない人ですから。話したこともないのに好きというのはなんですか。抱きたいだけですか。労働力が欲しいのですか」

「身もふたもないな」

信長様が苦笑する。

「馬鹿にされているように感じます」

「そうか……馬鹿にされているか」

信長様は少し考えると、不意に頭を下げた。

「般若介のかわりに謝る。少し元気づけてやってくれ」

「待ってください。なぜ信長様が謝るのですか？」

皐月は慌ててしまった。信長様と皐月は身分が違う。気分をそこねたといって手討ちになったとしても文句を言うひとはいないくらいだ。

「般若介という男に謝らせたいならお命じになればいいでしょう」

「命じたのでは駄目なのだ。お前がその気にならなければな。命じられてやっても心がこもらないではないか」

「心は大切だとお考えですか？」

女の心を斟酌《しんしゃく》する男など武士にはあまりいない。女は物だと思っているからだ。たまにそうではない男がいるとは聞くが、伝説のようなものだろう。

帰蝶様は大切にされているが、それは帰蝶様が特別だからである。

「なんでも心が一番よ。考えてもみよ。好きでもない相手のために真面目に料理を作るのはばかばかしいであろう。仕えたくもない領主のために死ぬのはもっとばかばかしい。だから心がある将兵が一番大切なのだ」

それから、信長様はあらためて頭を下げた。

「心を入れてやってほしい」

「なぜ彼のために頭を下げるのですか」

「あいつはいい男よ。まっすぐで。敵にも怖気《おじけ》づかずに向かっていく。だからほどなく俺のために死ぬであろうよ」

そして、信長様は唇をゆがめて笑った。

「俺を生かすために死ぬ男だ。頭くらいは下げる」

そうか、と皐月は思った。

今日会ったあのひとはそのうち死ぬのか、と思う。そしてそのことを本人も信長様も知っているということだ。

「わたしは帰蝶様のために死にますか？」

「必要なら」

帰蝶様が静かに頷いた。

なるほど、と皐月は素直に思う。

自分はそのうち帰蝶様のために死ぬのだろう。そしてそれはとても素晴らしいことのような気がした。

「わかりました。元気づけてみます。その、般若介様を」

「どうするのだ」

「合戦前に会う時間を作ってください」

「いいだろう」

一体どのような人なのだろう。皐月は久々に帰蝶様以外の人間に興味を持ったのだった。

しかし。

「いや、このへんで若くて綺麗ってお前しかいないだろう。なんだか抱きたいと思って声をかけたんだ」

般若介は、屈託なく笑った。

「それだけですか？」

「抱きたい以外の理由がいるのか？」

般若介が不思議そうに言った。正面から言われると、どう答えていいのかわからない。いやな感じはしないのだが、いい返事もしかねる。

「信長様から、元気づけろと言われました」

「命令か？」

般若介ががっかりしたような声を出した。

「いいえ。気が向いたらと言われました」

「では、自分の気持ちか」

「はい。でも、好きになったというわけではないです。聞きたいことがあるからやってきました」

「なんだ？」

「あなたはほどなく信長様のために死ぬだろうと言われました。それでいいのですか？　誰かのために死ぬ人生で楽しいですか？」

「楽しいな」

般若介が答えた。

「生きてる間、信長様といっしょに戦えるのは楽しいさ。いつ死ぬかは運だからな。どうせ一度は死ぬんだから、生きてる間楽しくやれればいいだろう」

それから般若介は、皐月に顔をよせてきた。

「だから俺の女にならないか」

「それは断ります。でも、今日勝ったら少し考えます」

そういって、皐月は味噌を塗った握り飯を渡した。

「勝つさ」

般若介は楽しげに笑った。

それを潮に、帰蝶様のところに帰る。

「口説かれた？」

「はい」

「返事は」

「断りました」

「そう」

帰蝶様は、わかっていた、という顔をする。

「断ると思っていたのですか？」

「そうよ」

「何故ですか？」

「口説いたのがわたくしではないから」

そう言ってころころと笑う。からかっているのか真面目なのかまるでわからないが、まったくその通りだ。

帰蝶様ではないのが悪い。

「始まるわ」

帰蝶様が目で示した。

信長様のいる那古野城にはかなりの広さの空き地がある。そこで毎日のように合戦ごっこが行われていた。

最初は少なかった人数も、いまでは五百人近くになっている。

今日は、般若介側が二百、相手が三百というところだった。

「般若介は勝ちそうかしら」

帰蝶様が言った。

「勝ちますね」

「あなたが贔屓《ひいき》したから?」

「いえ。数が少ないことを知っているからでしょう」

皐月には戦のことはよくわからないが、般若介が勝つ気がしていた。

相手は三百人を十隊に分けた。それに対して、般若介は二百人を二十隊に分けている。

細かく動くことはできるかもしれないが、隊の戦力は脆弱《ぜいじゃく》だ。しかし、問題は別のところにある、と皐月には見える。

般若介の隊は、率いる隊長が多い。つまり、頭脳が多いということだ。細かい戦局に反応できるなら隊長が多い方が強い気がする。

「皐月なら誰を狙って撃つ？」

「とりあえず隊長を狙っていきますよ。兵隊だけにすれば戦う力は落ちるでしょう」

「そうね。わたくしもそう思う」

それから、帰蝶様は上機嫌に合戦ごっこを眺めていた。

そして般若介が勝った。

そのあとなにかあればいい物語なのだが、皐月と般若介にはなにも起こらず……。

二章

天文十八年を迎えた。

「帰蝶！」

珍しく信長様が声を荒らげて入ってきた。

「父上が亡くなったぞ」

「信秀様が？」

「そうだ」

それは一大事だ、と皐月は思う。いままで、なんだかんだいっても信長様は父親に可愛がられていた。しかし、その父親が死んだとなると、織田家としては弟の勘十郎様をたててくるかもしれない。

つまり、身内との戦が待っているということだ。

「葬式の準備をなさいませ」

「わかった」

信長様はそういうと出て行った。

「家のお父様にも知らせないといけないわね」

「どのように伝えるのですか」

「しばらく織田に手を出さないようにと」

どうやら、戦になると踏んだようだ。

しかし、事は思わぬ方向に進んでいった。

信長様が、父親の信秀様の位牌《いはい》に灰を投げつけて帰ってきたのだった。

なぜそんなことをしたのか、皐月にはわからない。

しかし、もっとわからないのは、帰蝶様の態度であった。

「さすがです」

そう言って信長様をほめたのである。

「本当にお父様の位牌に灰なんてかけたのですか」

「かけた」

「どうしてそんなことを」

「皐月にはわからぬか」

信長様が悔しそうな顔をした。不意に帰蝶様が笑いだす。

「誰にもわかりませんよ、そんなもの。あなたがどうしようもない甘えん坊だということだけでしょう。わかるのは」

帰蝶様に言われて、信長様が目をむいた。

「ではなぜほめたのだ」

「これから織田家で内乱が起こるでしょう。そしてあなたの、織田信長の本当の力を示すことができるからほめたのですよ」

そう言っている帰蝶様は本当に楽しそうだった。

「いままでの期間で準備はできたでしょう。うつけのふりはもうやめましょう。本当の姿に戻るときですよ」

「え。あれって芝居だったのですか」

皐月が思わず口にした。むしろ普段のおかしな信長様が地だと思っていた。

「半分は本当だけれども、半分は芝居なのよ」

帰蝶様が笑った。

「うつけと言われた方が安全だから」

安全、と言われて納得する。

そして、信長様がいつも帰蝶様と二人で皐月の料理を食べていた理由もわかった。

「毒殺を警戒していたのですね」

「そうよ。弟をかつぐ連中から殺されるのがいやだった。でも、うつけという評判だけで中身を見なかった連中は、見逃してくれたわ」

毒は怖い。帰蝶様もずっと警戒していた。

「わたくしのお父様と顔合わせをするときが来ましたね」

帰蝶様が笑顔を見せた。

「いまさらですか」

皐月が言うと、帰蝶様は大きく頷いた。

「いまだからよ」

「いまだから、ですか」

「美濃の味方が信長様なのか、勘十郎様なのか。そこをはっきりさせないとね」

そうして。

信長様は「三郎」から「上総介《かずさのすけ》」に改名され、お館様、つまり斎藤道三様と会見をすることになったのであった。

当日。

皐月は思わず信長様に言った。信長様は、いつものどうしようもない恰好のままだった。まるで山賊のような形《なり》で、とても婚姻の挨拶には見えない。お供の人々も、竹槍を持った恰好で、馬鹿にされるために行くようにしか見えなかった。

「正気ですか?」

「これではあなどられてしまいますよ」

皐月が言うと、帰蝶様は大きく頷いた。

「ええ。それが狙いなの。まあ、見ているといいわ」

会う場所は、冨田《とんだ》の正徳寺《しょうとくじ》である。冨田は、なかなかに栄えている町だ。そんな町にこの恰好で出向けば、うつけという評判に輪をかけることになるだろう。

だが、帰蝶様も信長様も平然としていた。

帰蝶様と並んで馬を歩かせながら、皐月はつい小声で話しかけた。

「本当に大丈夫なんですか」

「ふふ。工夫してあるからね」

正徳寺に着くと、信長様はあっという間に正装に着替えた。皐月が見ても惚れ惚れする若武者ぶりである。

どこに隠してあったのか、お供の者たちもきちんとした鎧を身に着けている。竹槍も朱塗りの槍に持ち替えていた。

どこから出したのか、鉄砲が五百丁もある。そして鉄砲を持っているのは全員が女武者だ。女騎部隊のお披露目であった。

「どうだ。俺も捨てたものではないだろう」

般若介が、皐月を見ると近寄ってきた。

「まだいたのね」

皐月が言うと、般若介が不満そうな顔になった。

「つれないな」

「そうね。つれない」

皐月はそう答えてから、般若介をあらためて見た。

少年からだんだん男になってきているのがわかる。あどけなさが消えてしまっていた。

「可愛くなくなった」

「それはけなしているのか」

「一応ほめているのよ」

短い会話をすると般若介は去った。

それにしても、見事な早変わりである。お館様は斥候《せっこう》を出して道中の様子を報告させているだろうから、驚くに違いない。

お前たちの目は節穴だぞ、ということを知らしめたかったのだろう。目端《めはし》の利《き》くお館様のことだ。この武装で信長様の器量を見抜くに違いなかった。

信長様は座敷に入ると部屋の隅の柱にもたれかかって黙って庭を見ていた。帰蝶様は座敷には入ろうとせず、外からそれを眺めている。

信長様を支える重臣たちが前で控えていてもどこ吹く風といった様相だ。

しばらくしてお館様が入ってきた。それを見ても信長様は挨拶もせず、相変わらず庭の方を眺めている。

たまりかねた重臣の堀田《ほった》道空《どうくう》が信長様の前に進み出た。

「こちらが山城《やましろ》殿でございます」

それを聞くと初めて信長様は立ち上がり、お館様の前に座った。

「はじめまして」

お館様は、何か苦いものでも口にされたかのような顔であった。

「帰蝶は元気ですかな」

「至極《しごく》」

会話らしい会話はあまりなく、ほどなくしてお館様は席を立った。

帰り際のお館様を、帰蝶様が捕まえた。

「ご無沙汰《ぶさた》しております」

他人行儀な笑顔で帰蝶様が言った。

「あの鉄砲はなんだ。女武者が持っているではないか」

「鉄砲なら女でも戦場に出ることができます」

「槍は」

「女には長いでしょう」

お館様は、苛立《いらだ》った顔を隠そうとはしなかった。

「わしの子供達はお前に屈することになるのかな」

「左様でございます」

「面白くない。帰る」

お館様はそういうと、最後に一言口にした。

「なにかあったら頼ってくれてもいい、と伝えてくれ」

「しかと」

帰蝶様が頭を下げた。

それからすっきりとした顔で皐月に目を向けた。

「少し気が晴れたわ」

「お館様は怒ってらっしゃいましたね」

「織田と戦ったら美濃が負けると思ったのでしょう」

「そういうものですか」

「ええ」

帰蝶様は満足そうに笑ったあと、真顔《まがお》になった。

「これからしばらくは、尾張は戦が続くわね」


そして。

天文二十二年四月十七日。信長様は二十歳になっていた。

昼前に、般若介が駆け込んできた。

「鳴海《なるみ》城主山口左馬助《やまぐちさまのすけ》、謀反《むほん》でございます」

「最初の謀反は山口であるか」

信長様は笑顔を見せた。

「随分ゆっくりでしたね。あんなに煽《あお》ったのに」

帰蝶様が言った。

「煽るってなんですか？」

皐月が思わず訊く。

「うつけを倒して自分が尾張を取れって、家臣から煽らせていたのよ」

「なんでそんなことをしたんですか？」

「ほっとくと今川《いまがわ》と手を結ぶでしょう。今川の先手という形で突然裏切られたら困るじゃない」

「それであらかじめ裏切らせて討ち取るわけですか」

「そうよ。邪魔だからね」

「帰蝶、そんなことを企てていたのか」

信長様も驚いたようだった。

「だって、信長様はいい人だもの。頭はいいけど、正々堂々としていたいでしょ。育ちがいいですからね」

「育ちならお前もいいだろう」

信長様があきれたように言う。

「家族からのけものにされて育って、友達は皐月と殺意だけでした」

帰蝶様はきっぱりと言った。

殺意と友達だったのか、とあらためて思う。それでは美濃をさっさと離れるわけだ。そして信長様の器が足りなければ、信長様ですら殺していたのかもしれない。

「とにかく謀反《むほん》いたのですから。さっさとけりをつけましょう」

帰蝶様に言われて、信長様は気を取り直したらしかった。

「この敵には鉄砲は十人」

「ご随意に」

帰蝶様が答える。

「般若介、兵八百を連れて出る。皐月、お前と帰蝶は鉄砲を持ってついてくるがいい」

そう言うと、信長様は素早く戦の支度を整えられた。

信長様は、素早い速度で三の山まで軍を進めた。道が不思議と整っていて、馬も人も苦労せずに進んでいく。

「こんなこともあろうかと思って道普請《みちぶしん》をしておいたのよ」

帰蝶様が言った。

「例の戦大工ですか」

「ええ。地の利を得るのに速度は必要ですからね」

鳴海城が見える三の山の頂上に陣取ると、城の様子を眺めた。城からはわらわらと兵士が出てくるのが見てとれる。

「ざっと千五百であるな」

信長様が普通の声で言った。

「倍ですよ。倍。まずいんじゃないですか」

「丁度いいくらいね」

帰蝶様はまったく動じない。

「倍いると、こっちがあっさりやられるって信長様も言っていたではないですか」

「しばらくは劣勢が続くから。そこは気持ちで頑張るしかない」

自分で言ったことを忘れたかのように帰蝶様は言った。

今日で相手に売り飛ばされるかもしれないな、と思いながら、皐月は頷いた。

「赤塚《あかつか》に移動」

信長様の指揮で、一斉に赤塚という場所に向かっていく。赤塚は平地だから、まともに戦ってはどう考えても不利である。

相手と対峙《たいじ》すると、まずは矢の撃ち合いである。両軍から大量の矢が打ち出される。なにかの余興のようにすら見えた。

何人か倒れたが、矢ではまるで決着がつかない。

そして両軍が槍を持って前進を始めた。信長様の軍は長い槍で勇ましい。だが、兵士は若者が多く、初陣の者も多いように見えた。

戦いはしばらく続いたが、一進一退という感じだ。武器が優れているので信長様の軍は負けてはいないが、兵の質という意味では謀反した相手の方が高いかもしれない。

合間に鳴り響く銃の音が、戦場に彩りを添えているような気がした。

鉄砲は容赦なく相手を殺していく。ただ、数が少ないので大した戦果ではない。その上敵も味方も顔見知りなので、心の底から殺し合うという気持ちにもならないらしい。

結局数時間の戦いで、双方引きあげることになった。

お互いの陣に紛れ込んだ馬を交換し、とらえられた兵士も交換する。

結局信長様の側の犠牲は三十人ほどであった。敵も百人ほどであろうか。二千人を超える軍がぶつかっても案外死なないものだ、と皐月は思ったのだった。

戦が終わると、祭りのあとのような雰囲気が両軍を包む。

「これはお祭りなのですか」

「男にとってはね」

帰蝶様が当然のように言った。

「そして大切な祭りなのよ」

しばらくして、般若介が青い顔をしてやってきた。まだ槍を握ったままである。

「二人殺した」

笑いながらも、槍を手放せない。

「槍を置いたらどうなのですか」

「手から離れない」

どうやら、手がしびれてしまって開かないらしい。手を貸して、指を一本一本引きはがすようにすると、やっと槍を手放すことができた。

「ありがとうよ」

般若介が言う。

「二人殺しただけでしょ」

皐月が言うと、般若介は唇をゆがめた。

「軽く言わないでくれ、人を殺すって結構怖いんだよ」

「もう殺したんだから、次からは怖くないのでは」

「慣れれば平気だと思う」

「じゃあ慣れましょう」

皐月はそういうと、般若介の頭を撫《な》でた。自分はどうなのだろう。皐月は思う。人を槍で殺すのは大変そうだが、怖いのだろうか。

帰蝶様は多分怖くないから、自分もすぐ慣れそうな気がした。

帰蝶様のもとに戻って報告すると、帰蝶様は大きく頷いた。

「もう少し、人を殺させないといけないわね」

「そこですか」

「そうではないの？　人を殺すのに慣れていない兵は役に立たないではないの」

きっぱりしたものである。

「いい、皐月。天下を取るというのは、血でできた敷物の上を歩き、骨でできた階段を登るということなのよ」

たしかにそうかもしれないが、笑顔で語ることでもないだろう。

「これからも謀反が起こるのでしょうか」

「もちろんよ。これからも起こる。そしてそれを全部平定してはじめて尊敬される主君になれるのよ」

そして、帰蝶様はくすくす笑った。

「戦とは、血を流す政《まつりごと》。そして政とは、血を流さない戦なのよ」

そういった帰蝶様はあいかわらず綺麗だった。なんというか、悪だくみをしているときが一番綺麗な気がする。

この人にとっては謀略が化粧なのかもしれない。

帰蝶様の言った通り、その後も織田の領内は反乱が続いた。信長様の人望がないせいもあって、全然治まらない。

そして、弟の勘十郎様の待望論が領内の一部に出てきたのである。

翌天文二十三年のある日。

「大変です」

信長様のもとに、一人の小姓がやってきた。

「斯波義銀《しばよしかね》様が落ちのびて参られました」

「落ちのびて?」

信長様は怪訝《けげん》そうな声を出した。

斯波家というのは尾張の守護大名である。信長様とは一応友好的な関係だ。落ちのびるというなら信長様を頼るのは自然だった。

「誰にやられたのであるか」

「坂井大膳《さかいだいぜん》様です」

「すぐに斯波殿を連れて参れ」

言いながら、信長様の表情は明るい。

「なかなかいい知らせですね」

帰蝶様も楽しそうである。

「斯波様って、坂井大膳様の主君じゃなかったですか」

皐月は思わず訊いた。斯波義銀様は守護の斯波義統《よしむね》様の息子だ。武勇にすぐれていて、簡単に負ける武将ではない。

「裏切られたということね。坂井のやりそうなことだわ」

それから帰蝶様は、何か考えを巡らせているような表情になった。

「坂井様ということは、信友《のぶとも》様の重臣ですよね。信友様が斯波様を追い落としたということでいいのでしょうか」

「そうなるわね」

「それっていい知らせなんですか」

「もちろんである」

信長様が軽く笑う。

「守護大名である斯波氏がこちらを頼ってきたということは、信友を討つための口実が歩いてやってきたようなものであるよ」

「信長様も、大義名分を気にされるんですね」

「当然である。大義名分がなければ民もついてこないからな」

大雑把《おおざっぱ》のように見えて、信長様は案外繊細だ。部下や民の心を気にしている。

ほどなくして斯波義銀様がやってきた。

「受け入れてもらい、かたじけない」

そうやって頭を下げた義銀様はまだ子供であった。出逢った頃の信長様ぐらいの年齢だろうか。利発そうな顔をしている。

「何があったのであるか」

信長様がそう言うと、義銀様は悔しそうに唇をゆがめた。

「拙者《せっしゃ》が川に遊びに行っている間に、城を落とされたのでござる。父上は自害されたようにございます」

「それは大変であるな。この信長がしっかりと仇《かたき》をとりましょう」

そう言うと、信長様は義銀様が休めるように手配をした。

義銀様が行ってしまうと、帰蝶様が楽しそうに笑い出した。

「清洲《きよす》の城が手に入るのであれば、住むのはあちらの方がいいですね。守りも堅いし地の利もあります」

「守りが堅いということは攻めにくいということでもあるからな。そこは慎重にやらないと痛い目を見るだろう」

「誰に攻めさせましょう」

帰蝶様が言うと、信長様は右手で顎《あご》を撫でた。

「柴田権六《しばたごんろく》の出番であろうな」

「いいですね。彼なら見事に勝ってくれるでしょう」

「待ってください。柴田様って敵ですよね」

信長様と対立している勘十郎様の重臣が柴田権六様だ。武将としての名前は高いが、協力してくれるとは思えなかった。

「敵だからどうしたの」

帰蝶様が言う。

「どうもこうも、敵なんだからこちらの武将としては使えないのではないですか」

「それは気のせいよ。敵だろうと味方だろうと、使える時は使えるわ」

「全く意味がわかりません」

皐月が言うと、信長様がにやりとした。

「例えばこちらの武将だけで清洲城を落としたとしよう。尾張の守護大名斯波家の仇討ちを信長だけでやったとなると、勘十郎としてはどうかな」

「そうか……確かにそうですね」

弔い合戦を信長様だけでやれば、勘十郎様は何をしていたんだということになる。戦うのなら、いい武将を派遣して面目を保ちたいところだろう。

「敵は強いのでしょうか」

「そこそこ強いが、たいしたものではない。ここはまっすぐ攻めて、尾張をしっかりとまとめ上げるときであるな」

信長様はそう言うと、清洲城攻略を命じられたのだった。

あっという間に準備が終わり、柴田様が大将になった。

七月十七日。戦を控えた陣の中に、般若介がいた。

「お。皐月じゃないか。俺のことが心配なのか」

「そんなわけないでしょう。単なる散歩よ」

半分本当である。兵たちのやる気を見て回って帰蝶様に報告するためだ。そして柴田様にどのくらいの安心力があるのかを見ておくためでもある。

安心力というのは、武将が持っている力である。この人と一緒に戦っているなら生きて帰れるという安心感を与えることで兵の力が上がる。

武田信玄の騎馬隊もそうだ。馬一頭の周りを十二人の兵が囲んで突撃する。馬と一緒に突撃するから強い、という気持ちが武田を強くしているのである。

機動戦術というよりは、安心力戦術である。

「あんた、勇ましいこと言ってころっと死ぬんじゃないでしょうね」

「俺が死ぬのはここではない。それに今回大将は柴田様だからな。こちらの被害はだいぶ少ないと思うぞ」

「自信ありそうだけど、柴田様は強いの？」

「もちろんご自分も強いけど、戦の駆け引きはすごく上手だな。突撃は得意だが、配下の命を無駄に使うような人ではない」

どうやら柴田様には人望があるようだ。安心力はあると見ていい。

「でも、相手はもっと戦がうまいかもしれないじゃない」

「それはないな」

「そうなの？」

「敵の大将の河尻与一《かわじりよいち》にしても織田三位《さんみ》にしても、細かな陰謀を巡らすのが得意だが、戦がうまいわけではない。柴田様は陰謀は苦手だが戦はうまいからな。それに今回は相手にはないとっておきの武器を実戦に投入する」

「何？」

「長槍さ」

般若介が得意げに胸を張った。

「長いの」

「長い。槍というのは普通は長さは二間ぐらいだ。しかし信長様の長槍は三間ある。相手の槍はこちらに届かないさ」

「そんなに簡単に行くのかしらね」

「一対一なら分からないが、千を超える軍が激突するんだ。技量がどうというより単なる長さの方がいいってことはあるだろう」

　般若介の様子から見ると、味方の士気は高い。これなら負けることはないように思えた。

「でも、槍で突撃する前に、矢を射られて死ぬってことはないの」

　槍が長いといっても矢や鉄砲のほうが遠くから攻撃できる。先に死んでしまいそうな気もした。

「それも大丈夫だ。竹を何十本も束ねて防具にしているからな。矢は弾かれてしまうよ」

「そこも気を遣っているのね」

「死ぬ時に死ぬのは仕方ないが、無駄に死ぬのはいいことではないと信長様はおっしゃるんだ」

　確かに死なないに越したことはないが、本当に部下の生死に気を遣う武将はそんなに多くはない。自分の命は自分で守れという人のほうが多いだろう。

「それならいいわ。安心したから帰る」

「おいおい。生きて帰ったら何かくれよ」

「お握りを作ってあげる。これは死にそうにない戦だから」

そう言うと、皐月は安心して帰蝶様のところに戻ったのだった。

「おかえり。どうだった？」

帰蝶様が興味深そうに聞いてきた。

「柴田様は安心力のある武将のようにお見受けします。皆勝ち戦を信じて疑っていないです。簡単かは知りませんが、勝てそうな気がします」

「そう。それなら安心ね」

帰蝶様はほっとしたような笑顔を見せた。

そして翌日。戦は始まったのだった。

安食《あじき》村というところに布陣した敵に、信長様の軍が襲いかかった。長槍が功を奏して味方の被害はほとんど出ない。

普通に戦って普通に勝つ。という様相で、もしかしたら面白みが全くない戦なのかもしれない。

戦略とか戦術といった要素の入る隙間がほとんどない、槍で突き、進軍してまた槍で突く、という淡々とした戦だった。

敵の大将である河尻与一も、織田三位もあっけなく討死した。

その後信長様はすぐに清洲城を攻めようとはせず、翌天文二十四年となった。

「清洲城をほっといてもいいんですか」

ある日、気になって皐月は尋ねた。

「あまり長くほっとくのは良くないわね。でもまだ準備ができてないの」

帰蝶様が言う。

「準備ですか？」

「清洲城って、守りは固くてね。主君の織田信友は大したことないけど、坂井大膳は結構戦が上手いから、攻めると犠牲が出るわ」

「確かにそうですね。でも城攻めには犠牲はつきものではないですか」

「何人出るの？　十人くらいで抑えたいの」

「それは無茶でしょう」

皐月が言うと、帰蝶様は唇の端を少しつりあげて笑った。

「そうでもないわ。ゆがんだ人間は、自分のゆがみによって滅ぶのよ」

しばらくした四月二十日。信長様がやってきた。

「清洲城まで散策に行こう」

「散策って、そんなことしたら死ぬんじゃないですか」

皐月が言うのに、信長様は首を横に振った。

「清洲城にはもう敵はおらぬ。安心するといい」

「でも戦をやっていませんよ」

「戦ならもう終わった」

信長様があっさりと言う。

「いつですか」

「昨日だな」

「全く気配もなかったじゃないですか」

「清洲城でさまざまなことがあったのだ」

「とりあえずお酒を持ってきて。三人分ね」

言われるままに、酒を用意する。何も無いのも寂しいので味噌だけは添えた。

「清洲城奪取に乾杯しましょう」

一緒に一杯飲んだあと、皐月は改めて聞いた。

「何があったんですか」

「清洲城に向かいながら話そう」

そう言われて三人で向かうことになった。信長様はお供も連れずにまさに散策のように出かけて行く。

那古野城から清洲城まで、戦の跡は全くない。村は焼き払われていたが、合戦というわけではないだろう。

「信友は、一人でわしに立ち向かう度胸はなかった。だからわしの伯父である信光《のぶみつ》を抱き込んで戦おうとしたのだ」

信長様と信光様は割と仲がいい。簡単に抱き込まれるとは思えなかった。

「信友は人の信頼というのが今ひとつ分からない男だからな。ある程度の報酬で信光がわしを裏切ると思ったのだ」

どうやら、信光様は信長様を裏切るふりをして信友様の方を裏切ったようだ。

「埋伏《まいふく》の毒、というやつですね」

「そうだ。信友の奴、疑り深いくせに清洲城の南の守りを信光にまかせたのよ」

「それで城内で信光様に襲われたのですね」

「清洲城の守りは堅いが、南櫓《やぐら》からいきなり攻められたのではたまったものではない。だが坂井の奴は、殺気を感じていち早く逃げのびたらしい。あれはあれでなかなか大した男である」

「信友様はどうなったのですか」

「腹を切って果てた。残念な死に方だな」

全く残念そうな様子を見せずに信長様が言った。

「これで勘十郎様も肝が冷えるでしょう」

帰蝶様がすまして言う。

確かに信長様と敵対している弟の勘十郎様からすると信友様の死は痛い。しかも表立って文句を言うこともできない。さらには自分の家臣の柴田権六の活躍がこの事態を招いたのだから、気分の悪さは相当なものだろう。

「こうなることはわかっていたのですか」

「大体の予想はついたわ。信友は器の小さい男だからね。口では大きなことを言うけれど、心の底では誰かを頼りたくてしょうがないのよ」

「それなら信長様を頼ればよかったのに」

「まったくね。でもそれもできないのよ」

「何でですか」

「自分で考えてないから。周りがうつけと言うからうつけだと思う。自分の方が上と吹き込まれればそれを信じてしまう。自分よりも格下だと思う相手に頭を下げたり頼ったりするのは難しいからね」

確かにそうだ。頼るからにはしっかりした相手に頼りたい。

「信長様は確かに変な人ですけど、頼りがいがあると思います」

「わしは変か」

信長様が楽しそうに言った。

「変です。普通はもうちょっと外面も取り繕うし、相手の言っていることを聞いているふりだってします。信長様はふりということはあまりしないで、なんでも本気で言っているところがすごく変です」

「そうか。変であるか」

信長様はもう一度楽しそうに言った。

「いずれにしても、これで尾張統一に本格的に向かえますね。次は勘十郎様と鳴海の城の始末です」

「そうだな。焦らずゆっくり仕事をしよう」

「そうですね」

そう言って、信長様と帰蝶様は声を合わせて笑ったのだった。

元号がかわった翌弘治二年四月。

「出陣するわ」

殺気立った声で帰蝶様が言った。

「どこにですか」

「美濃」

「なにかあったのですか」

「兄が、父に反旗を翻《ひるがえ》したのよ」

「とうとう来たんですね」

びっくりした、という感じではない。むしろ予想できたことである。最近のお館様は信長様とわりと仲がよかった。

そのため、美濃と尾張の間にはいい関係が築かれていた。

ただ、信長様に肩入れした分、お館様の義龍様嫌いはかなり進んだようだ。最終的には義龍様を廃嫡してしまおうという感じになってきた。

武力を持った相手にそんなことをすれば戦になる。

おまけに、お館様が家督を譲りたい相手は正直言ってその器ではない。好き嫌いはともかく義龍様が領主になるのが一番安定するだろう。

「信長様は救援に行かれるのですね」

「仕方ないからね」

「帰蝶様はあまり乗り気ではないのですか？」

「そうね。親子の関係はともかく、見捨ててほしいと思っているわ」

「なぜですか」

「まだ勝てないから。兄は性格はともかく戦は上手だからね。信長様が戦ったら負けるでしょう。お父様も強いけれども、兄が準備して戦に臨んだのなら勝ち目はない。だから体面を整える以上のことはできないでしょうね」

帰蝶様は、あまり表情には出さないがかなり悔しそうだった。

「とにかくなるべく味方が死なないようにしないといけないわね」

「そこですか」

「そこよ。もうお父様のことはあきらめているから」

「まだ戦も始まってないではないですか」

「もう始まったし、そもそも始まってから勝ち負けを考えるようでは負けよ。戦は仕掛けるときには勝つ算段をするもの。読みが当たるかどうかは天運もある。でも、兄が読み間違えるわけはないわ」

義龍様が嫌いだということと、評価は関係がない。戦上手なのはたしかなのだ。

「帰蝶。今回は鉄砲隊を連れていく。百人。準備はできるか」

「大丈夫です。準備はしてありますよ」

「援軍は千五百連れていく」

「案外少ないんですね」

「これ以上は連れていけないのだ。迂闊《うかつ》に城を留守にすると謀反が起こるからな」

まだ尾張を掌握《しょうあく》していない信長様にとっては、この戦は痛い。しかも、美濃の後ろ盾も失ってしまうから、二重に痛かった。

とりあえず大良《おおら》河原を渡って布陣することになった。清洲の城から大良河原までは時間にして二刻ほどである。

船で川を渡ると、義龍軍も向こうに布陣しているのが見えた。

「これでは話にもならないわね」

帰蝶様が眉をひそめた。

たしかに、敵の数はどう見ても三倍はいる。しかも多分信長様の軍よりも精鋭だ。強くて数が多いのだから、どうにもならない。

「どう戦うべきかな」

信長様が考えをめぐらせていると、川の向こうから一艘《そう》の船がやってきた。

「大変です。織田信安《のぶやす》様が謀反でございます。清洲の城が襲われています」

「わかってはいたが、行動が早いな」

信長様はため息をひとつつくと、覚悟を決めたようだった。

「進軍せよ」

信長様の軍は、義龍軍と激突した。まさに激突という感じで、先頭の兵はもみくちゃであった。

義龍の軍は強い。

信長様の軍で最強のひとり、森可成《もりよしなり》も、腹を切られて撤退してきた。

何人もの強い武者が倒れていく。

「これは負けるか」

信長様が唇を嚙《か》む。

「斎藤道三殿、討ち死にされました」

急使が走ってくると叫んだ。

「撤退だ」

信長様が即決断する。

すぐに撤退の合図が出された。といっても、あわてて逃げては追撃されて下手《へた》をすれば全滅だ。

「しんがりはわしがする。撤退せよ」

信長様が叫ぶ。

「鉄砲隊！」

帰蝶様が叫んだ。すぐに帰蝶様の周りに鉄砲隊が集まる。

「笠《かさ》を取り去って、女であることを知らしめよ」

女たちが一斉に笠を取り、鉄砲を構える。

信長様の軍は、船を使って次々と撤退していく。そして、信長様の女騎部隊の鉄砲が順番に火を吹いていく。

敵の進軍が止まった。

鉄砲は、一発と一発の間に時間がある。だから、百人といっても同時に撃つのではなくて、右から順番に撃った。左端まで撃ち終わるころには右端の弾丸は込められている。

その分戦場に飛んでいる弾丸は少ないが、当たれば死ぬことに変わりはない。

敵軍が、鉄砲の射程距離の外で止まった。

ざわざわと顔を見合わせている。

ああ、そうか、と、皐月は納得した。

笠を取って女であることを見せたのは、敵軍の動きを止めるためだったのだ。

戦場で手柄というと首である。強い武将の首ほど価値がある。騎馬の武者ならより褒美《ほうび》がもらえるのだ。

では、女の首を持って帰ったらどうだろう。手柄にならぬどころか馬鹿にされてしまうに違いない。

そのうえ、この戦はもう決着がついている。義龍軍の勝ちだ。つまり、もはや手柄にもならない戦だ。

褒美も出ないのに命は危険という状態なのだ。

これでは誰もやる気が出ないだろう。信長様の首をとれば褒美はもらえるかもしれないが、死ぬほどの熱意はない。

信長様は、鉄砲隊を先に船に乗せ、最後に自分だけで舟に乗った。

皐月は帰蝶様と二人での船である。

「皐月と舟遊びをするのは久々ね」

「これを舟遊びといいますか」

「もちろんいうわ。人生は楽しまなくてはね」

そういわれて川を見ると、のどかといえばのどかである。

たしかに敗走中なのだが、相手が追いかけてきているわけではない。舟だけ見ているなら舟遊びとたいして変わらないといえた。

そう考えると落ち込んだり恐れたりする必要はないのかもしれない。

舟は無事に岸についた。

信長様はすぐに清洲の城にとって返した。

敵はもう撤退していたが、村は焼かれてしまっている。

清洲城に戻ると、信長様は不機嫌な顔をされた。

帰蝶様はまったくいつも通りである。

「皐月、あれを用意して」

「あれですか。本気ですか」

「もちろんよ」

皐月は、言われると厨房に向かった。厨房の中には、酒に漬けたまむしが保存してある。取り出して切り、味噌焼きにする。

そして酒を出した。

近隣の村のひとがいい濁り酒をくれるので、最近信長様に出すのはもっぱら濁り酒である。

濁り酒とまむしを出すと、信長様は目を丸くした。

「これはなんだ」

「まむしの味噌焼きでございます」

帰蝶様がすまして答えた。

「まむしか」

信長様は皿の上を眺めた。

「そうだな。本来ならわしが食うべきまむしであった」

「美濃はそのうち食らうとして、今日のところはこれを食べましょう」

帰蝶様に言われて、信長様は素直に箸をのばした。

「ほう。これはなかなか美味いな」

信長様が笑顔になった。

「これからはたまに食べましょう」

「うむ。そうする」

帰蝶様と信長様は、仲睦《なかむつ》まじくまむしを食べている。

とても朝から合戦をして、なおかつ敗戦もして、さらに実の父親と義理の父親を失っているようには見えなかった。

天下を取ろうと思うような人はみなこうなのだろうか。

そんなことを思いながら皐月は酒を注ぐ。

皐月は両親の記憶がないから、親を失うとどのくらい悲しいのかはまったくわからない。想像するだけである。

帰蝶様は本当のところどうなのかわからない。自分で殺したならともかく、兄に殺されたのが悔《くや》しいのかもしれない。

だが、それは皐月が考えるようなことではない。

ただ、有力な味方を一人失ったという事実だけが残ったのである。


美濃の後ろ盾を失った信長様は、尾張の統一にますます手を焼いていた。

そのかわり、麾下《きか》の軍はだんだんと強くなっていく。

帰蝶様と信長様はいつも仲良しで、今日も元気にまむしを食べていた。

「そろそろ来そうね」

不意に帰蝶様が言った。

「来るな」

信長様も答えた。

「何が来るんですか」

「勘十郎様の謀反よ」

「なんでわかるんですか」

「金を摑《つか》みに来たからな」

「金？」

「熱田《あつた》の豪商の利益に手を出してきた。俺が押さえている商人たちの切り崩しだ。商人も二重に金を渡すわけにもいかないからな、どちらをとるか思案中だろう」

なるほど。それによって民の人望がわかるというわけだ。

「勘十郎様は評判の良いお方ですからね」

「そうね。助かるわ」

帰蝶様が言う。

「助かるというのはなんですか」

「役に立たない敵を相手にするのは楽だということよ」

「評判がいいんですよ？」

「ええ」

それから帰蝶様が言う。

「評判がいいというのは、自分ではあまり決めていないということよ。家臣にとってはいい主君かもしれないけど、いざというときは役に立たない」

「そういうものなのですね」

「商人はどう考えるのかしらね」

帰蝶様が楽しそうに言った。

「商人なら、評判がいい方がいいのではないですか？」

「そうでもないわ。評判がよくても、国が滅んだらなんにもならないから。国を守ってくれそうな方がいい」

「うちの国、危ないですものね」

尾張は、場所がいいのでけっこうあちこちから狙われる。戦が続くと町の人も苦しいから、いっそ大きな大名に吸収されたいという商人もいるだろう。

「まあ、ここらで謀反をしてもらわないと困るからな」

信長様は当たり前のように口にした。

「ここら、ですか」

「国がまとまる前に今川に攻められたら困る」

「その前に勘十郎様を殺しましょう」

「いや、簡単には殺せぬよ。母上がとりなすだろう」

「殺しましょう」

もう一度帰蝶様が言った。殺すと決めたらどうあっても殺したいらしい。信長様は、少しかわす方向に話を持っていきたくなったようだ。皐月に向かっていう。

「最近般若介はどうだ」

「人を殺すのに大分慣れたようです」

「抱かれてやらぬのか」

「しつこいですからね。そろそろ断るのに疲れました」

般若介はしつこい。なにが気に入っているのか知らないが皐月から離れようとしなかった。

恋をしている感じはしないが、隣に人がいるのは悪くないのかもしれない。

それにしても、と、皐月は考えた。

兄弟は距離が近いから、利益もぶつかりやすい。庶民ならいいが、大名となるとどうしても殺し合いになりやすい。

帰蝶様にしても兄の義龍様に命を狙われていたのだから、実感はあるだろう。

「とはいっても、確実に謀反を起こさせるようにしなくては。少し煽りましょう」

「噂ならかなりまいたぞ」

信長様が言う。

「その噂ではないですよ。信長様がうつけなだけならゆっくり事を構えていたほうがいいでしょう。急ぐ理由を与えないと」

「そのような理由があるのですか」

「武将にとって一番恐ろしいのは家臣の裏切りなのよ。疑惑の芽が心に芽生えたらもうそれで関係はおしまい。二度と信じることはできないわ」

「それはわかりますが、どうなさるのですか」

「ふらりと訪ねればそれでよい」

「誰をですか？」

「一番家老、林佐渡守《はやしさどのかみ》よ」

林佐渡守は、信長様の祖父の代から仕えている重臣中の重臣である。最近は弟の勘十郎様のほうを守り立てていこうと画策していた。

弟の林美作守《みまさかのかみ》、安食村の件で活躍した柴田権六の三人で、信長様の命を狙っているという噂が流れていた。

「何人くらいで行くのですか」

「四人よ。信長様と織田安房守《あわのかみ》、わたくし、皐月の四人」

「絶対殺されます」

皐月は断言した。

これから殺そうと思う相手が四人でふらふらとやってきたなら、これ以上の好機はない。取り囲んで殺すなり、毒を盛るなりやりたい放題である。

「ここで殺されるようなら、それだけの人間だったということよ」

そう言って帰蝶様は信長様を見た。

「そうですよね」

「うむ」

信長様は答えたが、さすがに四人という人数はどうかと思ったらしい。

「少し少ないかもしれないな」

「では千人ですか。人数にはあまり意味がありません。相手が本気で殺そうと思うなら千人で行っても殺されます。武器や毒が人を殺すわけではありません。殺したいと思う心が殺すのです。相手にその心がなければ四人で十分でしょう」

「確かにそうであるな。四人で行こう」

信長様も納得したようだった。

翌五月二十六日。皐月たちは那古野の城にいる林佐渡守を訪ねた。

「突然どうされたのですか」

佐渡守は驚いて信長様の顔を見た。

「帰蝶様まで」

「なに、たまにはふらりと顔を見に来たくなったのよ」

信長様は爽やかな笑顔を佐渡守に向けた。

しばらくの間、信長様はまさにたわいもない話を続けられた。

やがて、林美作守がやってきて、信長様を睨みつけた。信長様は気にもとめずににこやかにしている。

「今日は雑談に来ただけゆえ気にするな」

「そちらが雑談でも、こちらはそうはいきません。織田家のために腹を切っていただきましょう」

美作守の言葉を聞いて、帰蝶様が楽しそうにくすくすと笑いはじめた。

「なにがおかしい」

「これが笑わずにいられるでしょうか。たった四人で来た客を捕まえて謀殺するなど、武士だなんだといっても浅ましいこと」

それから林佐渡守の方を見る。

「祖父の代から三代仕えた結末がだまし討ちとは。墓に入ってさぞ先祖に自慢できような。それゆえおかしくなって笑ったまでです」

そして、二人に向かって胸を張った。

「言いたいことがあるなら言ってみよ」

帰蝶様に言われて、二人は顔を赤くした。佐渡守は恥ずかしさで赤面していて、美作守は怒りで赤くなっているようだ。

とはいえ、これは帰蝶様の勝ちだろう。この流れで信長様を殺せる武士はいない。

林佐渡守が、美作守をたしなめるような表情になった。

「三代仕えた主君を、弟君を守り立てたいから手にかけるなど、天道にそむくにもほどがある。帰蝶様の言うとおり、先祖に申し訳が立たぬわ」

「しかし、先祖になにを言われようと、ここで取り除いておかねば」

「勘十郎様が戦に負けてしまう、ということね。重臣が首を揃えてやってきても信長様に蹴散らされる自信があるのですね。なかなか立派な武将が揃っているようです」

そう言って帰蝶様はまた笑った。

それはいかにも馬鹿にしたような笑いだった。その笑い方だけで殺される気がして、思わず鼓動が速くなる。

だが、そう思ったのは皐月だけだったらしい。その場の全員が帰蝶様の言葉に納得したようだった。

佐渡守が美作守に言った。

「たしかに、ここで信長様を討つのは勘十郎様にも失礼にあたる。実力で勝てぬからだまし討ちにしたと言われては名も汚れよう」

「たしかにわしの考え違いであった」

美作守も頭《こうべ》を垂《た》れる。

すごいな、と皐月は思った。体面もなにも、ここで信長様を殺してしまえばあとは楽に国が手に入る。

にもかかわらず、恥ずかしいという理由で無事に帰すのだ。

武士とは本当に面倒だ、と思う。同時に、それをふまえたうえで少人数で来た帰蝶様はとてもよくわかっているといえた。

「堂々反旗を翻すならそれはそれ。楽しく戦いましょう」

帰蝶様はそう言うと、普通に挨拶して普通に帰路についた。

「殺されるかと思いました」

皐月が言うと、同行していた織田安房守様も頷いた。

「わたしも殺されると覚悟しました」

「そんなことはないわ。あそこでは殺せない。美作守の態度はなかなかよかったわね。これで謀反が早くなるでしょう」

「なぜですか？　信長様を無事に帰したからですか？」

「そうね。そうなるわね。もし、今日のことが露見した場合どうなるか。もちろん武士として誇り高いという人もいるでしょう。反対に信長様と通じたという人も出る。でも一番怖いのは、勘十郎様に謀反の気持ちがない場合なのよ」

「そんなことがあるのですか？」

「もちろんよ。信長様がいい、勘十郎様がいい、と言っても家臣の話題でしょう。お二人が直接仲違《なかたが》いをしたわけではない。本当はお互いにどうしたいか決まっていて、言っていないだけかもしれない。そうだとすると主君を仲違いさせたいのは家臣ということになるわ。それって最悪の家臣でしょう。腹を切れと言われても文句は言えない。だから、本当に仲違いしてもらう以外道はないのよ」

「では、本当のところはどうであれ、これから仲違いさせられるということですか？」

「そうよ。あの二人が、信長様のことをあれこれ吹き込んで謀反させるでしょう」

本当はどうだったのか、というのはもはやわからないことだ。無理矢理謀反を起こさせるなど、なかなかひどい話である。

「帰蝶様のことだから勝つ算段はしてあるんでしょう」

「してないわ」

あっさりと帰蝶様が言う。

「平気なんですか」

「多分勝てるから」

帰蝶様はあくまで楽観的だった。

そして帰蝶様の予想通り、勘十郎様は急速に信長様に敵対するようになっていった。

八月二十四日、信長様は清洲の城から出兵することになった。

「今回は鉄砲は使わぬ」

信長様が言う。

「なぜですか」

「槍だけでやってみたい」

勘十郎様との戦はたいしたことがない、と考えているようだった。

信長様は、七百の兵を連れて出陣された。帰蝶様も一緒である。帰蝶様は鉄砲を持っているから、一丁だけは鉄砲があるということになる。

「なんだか兵が少ない気がします」

皐月が言うと、帰蝶様も頷いた。

「そうね。ちゃんと揃えられなかったみたいね」

「敵はどのくらいいるのでしょう」

「倍くらいかしらね」

「また倍ですか」

皐月が言うと、帰蝶様は子供のような笑い声を立てた。

「そう。また倍よ」

信長様は、稲生《いのう》という場所に陣を張った。

側近の四十人ほどを残して出陣していく。見ていると、相手の柴田権六の軍と争っているようだった。

柴田軍はなかなかに強くて、味方が押されている。というよりも負けていた。

敗れた味方が信長様のところまで落ちのびてくる。

柴田軍が味方のほうに迫ってくるのが見えた。

「これってまずいですよね」

皐月が言うと、信長様がすっと立ち上がった。

「皐月、耳をふさいでおれ」

見ると、帰蝶様はもう耳をふさいでいる。

皐月もあわてて同じようにした。

信長様は柴田軍の前に進み出ると、大声で叫んだ。

「なにをしておるか。逆賊ども！　尾張の国を無駄に騒がせおって。このようなことをしては駿河《するが》に国を乗っ取られるぞ。国を売り渡すつもりなのか。答えてみよ！」

信長様に叫ばれて、柴田軍の兵は驚いたようだった。耳をふさいでいてもよく聞こえる大きな声である。

そこに、わっと信長様の兵が襲いかかる。

殺し合いは、心がくじけたらもう駄目である。体に少し傷を受けただけでも痛くて動けなくなるのだから、まずは心の勝負というところがある。

心がくじけた柴田軍は、あっという間に逃げてしまった。

「大声だけで勝てるんですね」

皐月は感心してしまった。

「柴田は強いけど、兵たちは別に信長様を嫌いなわけじゃない。戦うと言われたから来ただけなのよ。駿河に国を乗っ取られる、と言われたらどうしていいかわからないでしょう。自分の妻や娘が売り飛ばされるかもしれないからね」

なるほど、と皐月は思う。信長様は、相手の軍の家族を人質にとったようなものだ。目の前の信長様ではなくて、駿河の今川義元《よしもと》が攻めてきたら、ということを考えさせたわけだ。

柴田の軍が逃げてしまうと、信長様は少し軍を休ませた。残りは林美作守の軍だけである。

水を持った女たちが現れた。兵たちに水を配っていく。

「あの人たちは」

「歩き巫女《みこ》よ。戦女《いくさめ》ね」

帰蝶様が笑みをもらした。

戦女。戦場で春を売る女である。命をかけたあとはどうしても女が欲しくなる。なので戦の後は、そこらの地面で女を抱きたくなってしまうのである。

同時に、女の膝で死にたいという男も多い。怪我をしてもう助からない男たちが死ぬまで慰めてやるという働きもあった。

なので、巫女であり娼婦《しょうふ》なのである。

兵たちは女から竹筒の水を受け取ると、一気に飲み干した。よく見ると、普通の竹筒と印のついた竹筒がある。

「竹筒が二種類あるようですね」

「ひとつがただの水、もう一つは梅干しを混ぜた水なのよ。死ぬほど汗をかいているから塩をとらないとね」

兵士たちは水を飲み干したあと、立ち上がってのびをした。

信長様が叫んだ。

「残るはたいした連中ではない。いくぞ」

そして、先頭に立って林美作守の軍に進んでいく。

信長様が先頭に立ったのでは他の人々も頑張らないわけにいかない。体の疲れはともかく、気持ちを奮い立たせて相手に襲いかかった。

さっきまで水を配っていた女たちは、いつのまにか鉄砲を手にしている。

「どこから出したんですか」

皐月が尋ねると、帰蝶様はふふ、と含み笑いをする。

「いざというときの用心よ。使わないですむならそれに越したことはないのだけれど。少しだけ使うことにするわ」

「彼女たちは鉄砲を使えるのですか」

「あらかじめ教えてあるの」

「歩き巫女に？」

「そうよ。女だからね。わたくしの味方よ」

なるほど、と皐月は思う。たしかに戦女からすると、帰蝶様を味方にするのは価値があるだろう。

戦女は旅人だ。なにかあったら襲われてしまう。女の味方を標榜《ひょうぼう》する存在などという者は他にいないから、信長様が天下をとった方が都合がいいのだ。

全国にいる戦女を味方につけられるのであれば、敵の動向を探るのにもいい。

帰蝶様が鉄砲の修練を女たちにさせているのは知っていたが、素性までは知らなかった。

三十人ほどの鉄砲隊を作り上げると、帰蝶様は信長様の後ろからゆっくりとついて行った。

まず、信長様の部隊がわっと林美作守の軍に襲いかかる。乱戦だから、鉄砲をうか

時を忘れる面白さ

新シリーズ「宝来堂うまいもん番付」

講談社文庫
創刊50周年
書下ろし

大福三つ巴
宝来堂 うまいもん番付
田牧大和

江戸のうまいもんガイド、番付を摺る板元「宝来堂」。馴染みの番付屋・長助が作った「大福番付」をめぐる大騒動に巻き込まれ——。画師・小春の筆と鋭い舌が、宝来堂の窮地を救う！

定価：本体640円（税別）

「溝猫長屋」シリーズ

長屋の子らと霊界との
交流を描く人気シリーズ

別れの霊祠《れいし》
溝《どぶ》猫《ねこ》長《なが》屋《や》 祠《ほこら》之《の》怪《かい》
輪《わた》渡《り》颯《そう》介《すけ》

定価：本体
640円（税別）

ついに溝猫長屋を出た忠次たち。
だが、お多恵ちゃんの幽霊を「見る」
「聞く」「嗅ぐ」能力は依然変わらず。
さらに自称「箱入り娘」お紺に縁談話
が持ち込まれ!?

最新刊
堂々完結！

さが止まらない。 講談社文庫書下ろし 新シリーズ発刊！

「帰蝶さま」シリーズ

織田信長の妻・帰蝶の目線から、「天下取り」に駆け上がって行く
夫婦の姿を描いた、かつてない歴史恋愛 新 シリーズ

書下ろし
最新刊

帰蝶さまが ヤバい 1

神楽坂 淳

1966年広島県生まれ。作家でかつ漫画原作者。多くの文献に当たって時代考証を重ね、豊富な情報を盛り込んだ作風が持ち味。

定価：本体620円（税別）

1548年、国主・斎藤道三の娘・帰蝶は父に「結婚します」と宣言。相手は悪評高き尾張のうつけ。帰蝶は本当に信長と結ばれるのか──新機軸の恋愛歴史小説！

定価：本体610円（税別）

「甘ちゃん」シリーズ

涙と笑いの夫婦《めおと》同心快進撃！

うちの旦那が甘ちゃんで 9

神楽坂 淳

コミック版・第一巻（講談社シリウスコミックス）も、ついに発売！
まんが家＝雷蔵　定価：本体680円（税別）

つに使うと味方を撃ってしまう。

なので、帰蝶様は黙っていた。

二時間ほど、激しいもみ合いが続いていた。

信長様は、林美作守の首を打ち取ると、陣の後ろに下がって戦局を見守った。大将が死んでしまっているので、戦としては信長様の勝ちのようなものである。

ただ、柴田軍とちがって、勘十郎様の重臣が数多く参加しているので、大将が死んだくらいでは崩れない。

どちらの軍勢も疲れ果てていて、地面に膝をついて戦うものも出始めた。それはそうだろう。鎧を着て、槍を持って半日戦うなんて人間には無理だ。

「そろそろね」

帰蝶様が合図をすると、戦女たちが銃を撃ち始めた。疲れて動けない相手を、片っ端から撃ち殺していく。

こうなると動かない的と大差ない。

といっても、目立つつもりもないらしかった。

百人ほど撃ち殺すと、帰蝶様は鉄砲隊を下げてしまった。ただ、撃ち殺されるというのが敵の士気に与えた影響は大きかった。

立ち上がって戦っても、撃たれるかもしれない。

反対に味方の士気は上がる。

疲れた体を引きずるようにして地面から起きると、敵の体を槍で突きはじめた。

ここでやっと敵の心が折れた。

ずるずると逃げていく。

「もうよい。休め」

信長様が合図をすると、兵たちは地面に倒れるようにして休んだ。間を戦女が回って、水となにかを配っている。

兵たちがありがたそうに口にしていた。

「あれはなんですか」

「味噌よ。握り飯を配ってもいいのだけど、戦のあとは胃が弱っているし、血の臭いがあるから、落ち着くまでは食べると吐いてしまうでしょう。味噌なら吐かないのよ」

「そうなんですね」

「ええ。歩き巫女たちの経験ね。彼女たちは血の臭いの中で仕事するから」

たしかに、血の臭いの中で男に抱かれるのが仕事なら、戦のあとの男のことはよくわかっていそうだった。

味噌を食べてしばらくぐったりしていると、大分回復したらしい。

「殿、追いますか」

森可成が進み出て信長様に聞いた。三十歳を出たばかりで、体力がある頼もしい武将だ。今回の戦も中心的に戦っていた。

「うむ。ゆるゆる追撃せよ」

敵は城の中に向かっていたが、よろよろとした足取りである。喉も渇いているだろうし、お腹もすいているだろう。

いつの間にか、味方の陣地の中に小屋ができていた。そこで飯を炊《た》き始める。

「敵を倒したらここまで戻ってくるがよい」

帰蝶様が叫んだ。

ここに帰れば飯がある。それだけで兵の元気が増したようだった。

頑張って走っていく。

結局、林美作守をはじめ、かなりの重臣を打ち取った。七百の部隊のうちの四百五十が戦死したようだ。

反対に味方の損害は百五十程度。倍以上の敵と戦ったにしては頑張っている。

勘十郎様はそれ以上は粘らずに降伏した。籠城すれば戦えたのかもしれないが、もともとたきつけられての謀反だから、心が負けたのだろう。

相手は末森《すえもり》城と那古野城に分散して撤退した。

勘十郎様が那古野城に引きあげたあと、信長様の母上からとりなしの書状が来た。

「どうするかな」

信長様が考え込む。身内の反乱だけに判断が難しい。

「全員なにごともなかったかのようにお許しなさいませ」

帰蝶様が言った。

「なんの罪にも問わぬのか」

「生きている海老はよく跳ねます。死んだ海老は跳ねない。謀反するほどの力があるなら味方にすれば頼もしいでしょう。林美作守が生きていれば違いますが、やっかいな武将はもうみな死んでいますからね」

たしかに、強いから謀反を考えるわけだ。生きている海老というのはまさにそういうことなのだろう。

「林佐渡守はどうすればいいと思うか」

「そのまま筆頭家老でいいでしょう。あのとき命を助けてくれたには違いないですから。それに報いたという恩を着せればよく働くでしょう」

「なるほど。たしかに筆頭家老としては優秀だからな。裏切らないでくれるならそれに越したことはない」

信長様も頷いた。

「ただ、勘十郎様はそのうち裏切るでしょう。そのときどう対応するかは考えた方がいいですね。今回は母上様の面子《メンツ》もあるでしょうが」

「であるな。わかった。全員なにごともなかったかのように処する」

翌日になって。

勘十郎様、柴田権六、津々木《つづき》蔵人《くらんど》が、母上さま同行のうえでやってきた。全員が墨染の衣を着ている。

これは、このまま出家してもいいから許してください。という意味だ。僧服を来たからといってなにが変わるのかわからないが、反省の印らしい。

「今回は許しがたいかもしれないが、弟のことゆえ許してたもれ」

母上様は信長様に両手をついた。

「負けたのが信長様だったなら、喜んで首をはねたところですね」

帰蝶様が空気をまったく読まずに言葉をぶつけた。

「そんなことはありません。子供は平等に可愛いものです」

母上様が反論した。しかし、声は弱々しい。図星だったらしい。

「子供が平等に可愛いなら、なぜ謀反を止めなかったのですか。那古野城におられたなら諫《いさ》めることくらいはできたでしょう。それとも勘十郎様は母の諫めを振り切って謀反されたのでしょうか」

帰蝶様が勘十郎様の方を見ると、勘十郎様は青い顔をして床を見ている。

痛いところだろう。母の諫めを振り切ったなら切腹でもおかしくない。かといって、諫めなかったとなれば、母上様は信長様を愛していないということになる。

これはどう収めるのだろう。

「林佐渡守はどうした」

信長様が、答えを待たずに尋ねた。

「とても兄上に顔向けができぬということでこもっております。切腹のお沙汰があっても覚悟はできていると思います」

「筆頭家老がおらねば困るではないか。明日清洲の城に来るように伝えよ」

信長様の言葉に、一同頭を下げた。

「では、これで終わりとする」

信長様はあっさりと切り上げた。

勘十郎様も母上様も答えを言わずにすんでほっとしたようだった。その様子を帰蝶様は無表情で眺めていた。


「あれは駄目ね」

夕食のとき。

帰蝶様があきれたように言った。

「強引にでも出家させます、くらいの方がいい母親だと思うわ」

「いまのままいてほしいということでしょう」

皐月が言うと、帰蝶様は声をたてて笑った。

「つまり、もう一回謀反するということよ」

「そうであるな」

信長様も頷く。

「それなら、出家しろと言ってしまえばよかったのではないですか」

「出家なんて意味ないわ、生きてれば。生きてる限り旗印になる。裏切らない武将は死んだ武将だけよ」

「ではどうしてすんなり許されたのですか」

「あとで殺すから」

帰蝶様が当たり前のように言った。

ああ、そうか。と皐月は納得した。あとで殺すつもりだから、あまり興味がないということなのだ。

「それよりもこれはなんだ」

「猪ですよ。茄子《なす》といっしょに煮込みました」

尾張は茄子が豊富である。さまざまな種類がある。その中でも、天狗《てんぐ》茄子と言われる皮の薄い茄子が美味しい。

「いつもと味が違うな」

「猪の子供ですから。肉が柔らかくて臭いもないです」

「これは美味いな」

信長様は嬉しげに食べると、なにか思いついたようだった。

「明日、これを佐渡守にも出してくれないか」

「かしこまりました。子供の猪ならいいですよ。準備もいらないので」

「大人の猪は準備がいるのか?」

「はい。肉の臭いが強いですから。藁に包んで地面の中に埋めるんですよ。土が獣の臭いを吸い取ってくれるのです」

「そうか。土がな」

信長様はなにか思ったらしい。

翌日になって、林佐渡守がやってきた。こちらは墨染めの衣ではない。まったくの平服であった。

「まかりこしました」

林佐渡守が平伏した。

「わしに不満なところがあるなら意見せよ。筆頭家老であろう」

信長様は笑顔を見せた。

「恐れながら申し上げます。お館様はわれを頼られませぬ。ご自分の側近がいればことたりるようにお見受けします」

「勘十郎は？」

「なにかと頼ってくださいます」

「主君としてはつまらないということか」

「さようでございます」

臆せずに林佐渡守が言う。

たしかにそうかもしれない。信長様も帰蝶様も考えが先を行っているから、誰かが助言するという雰囲気でもない。

仕える側からすると、充実感がないに違いない。

「それは落ち度であったな。すまぬ」

信長様は素直に謝った。

「しかし、どうすればいいかわからぬな。教えてもらってもいいか」

信長様に言われて、林佐渡守は驚いたようだった。

「裏切った拙者を頼ってくださるのですか」

「わしに落ち度があったのだろう。自分ではわからぬから間違うのだ」

屈託ない信長様の言葉に、林佐渡守は涙ぐんだ。

「ところで、なぜそなたたちは負けたのだ。圧倒的に優勢であったであろう」

信長様は、興味深そうに身を乗り出した。

たしかに、まともに戦っていたら信長様は負けていただろう。柴田権六の軍が逃げてしまったから勝ったのである。

「気持ちでございますよ。勝つ気の差があったかと存じます。特に権六めがくじけましたゆえな」

「権六はなにゆえにくじけたのだ。まさかわしに好感を持っていたということではあるまい」

「もちろん違います。津々木蔵人のせいでございます」

「どういうことだ？」

「津々木蔵人は、顔のよさで勘十郎様の愛人をつとめております。それゆえたいそうな出世をしており、権六はそれがつまらぬので勘十郎様を信じておらぬのです」

「軍功よりも色というわけか。つまらぬことだな」

信長様が肩をすくめた。

「男の嫉妬は恐ろしいゆえ、気をつけねばなりませんね」

帰蝶様が頷く。

「女の嫉妬の方が恐ろしいのではないのですか」

「女のは悋気《りんき》よ。嫉妬とは違う」

悋気と嫉妬。似ているがなんだか大きく違うのだろう。

「それよりも食事の支度《したく》を」

帰蝶様に言われて厨房に向かう。

目の前に鍋を置くと、林佐渡守はいぶかしげな顔になった。

「これはなんでしょうか」

「猪を煮たのよ。食うがいい」

信長様が、林佐渡守の椀《わん》に猪の汁を盛った。

「猪ですと」

林佐渡守は信じられないという表情を見せた。

「食うてみよ。うまいぞ」

信長様は平然と食べる。帰蝶様も普通に食べていた。

林佐渡守は覚悟を決めた様子で、まず汁をすすった。

「これは存外いい味ですな」

それから、猪の肉を口に入れると、気に入ったようだった。

「初めて食べますが、思いのほか美味しいものでございますな」

「食うてみると案外美味くて癖になるということはあるものよ」

信長様に言われて、林佐渡守はあらためて頭を下げた。

「今後は信長様に心の底よりお仕えします」

これで、尾張平定のめどがひとつ立ったのだろう。信長様は楽しそうに笑うと、林佐渡守と酒を酌《く》み交わした。

こうして、信長様は尾張統一に一歩進むことができたのだが、まだまだ認めるひとは多くはなく、力を貯《た》めるにとどまっていたのだった。

三章

永禄《えいろく》になった七月。

帰蝶様が、歌でも歌い出しそうな上機嫌でやってきた。

「なにか美味しいものでもあるかしら」

「人の心が美味しいとかおっしゃるのではないでしょうね」

「よくわかったわね」

「真桑瓜《まくわうり》でいいですか」

「もちろんよ」

どうやら、あらたな計略を考えているらしい。そろそろ今川が本格的に攻めてきそうなので、その前に尾張を統一したいということなのだろう。

井戸水で冷やした真桑瓜を切って出すと、帰蝶様は一口かじってからこちらを見た。

「これ、たくさん集められる？」

「瓜ですか。いまは季節ですからできると思いますけど」

「二千個欲しいの」

「二千。それならわたしではなくてきちんとした人に手配してもらわないと無理ではないですか」

「そういうわけにもいかないのよ。動きがわかってしまうから」

ということは、なにか戦に使うということだ。

しかし、瓜がなんの役に立つのかわからない。もちろん食べるためなのはわかるが、戦の間に瓜を食べることなどできるのだろうか。

「わかりました。なんとかします」

皐月は頷いた。

「それにしても、誰と戦なのですか」

「織田信賢《のぶかた》よ」

「じゃあいよいよ最終決戦って感じなのですね」

織田信賢。尾張の半分を手中にしている大名である。信長様も強いが、もともと名家である「岩倉《いわくら》織田家」として尾張に君臨している相手だった。

「だった」となるのは、君臨していたのは信賢の父親の信安なのである。ただ、信安は家督を次男の信家《のぶいえ》に継がせようとして、内紛になった。

結果として信賢は父と弟を追い出して、いまは自分が君主として睨みをきかせていた。

「強いっていう話ですよね」

「ええ。でもこのところ少し弱くなっているわ」

帰蝶様が自信を持って言った。

「なんでですか？」

「分裂したからよ。いくら追い出したといっても、元の領主に忠義を誓っている者もいるでしょう。だからどうしても軍は安定しないのよ」

「それにしても、みんな弟に継がせたがりますよね。家督を」

「そうね。内紛のもとなのにそうしたがるわよね」

「なんでなんですかね」

皐月は素直に聞いた。必ず弟が優秀というわけではない。美濃にしても義龍の方が弟よりも優秀だ。尾張にしたって、勘十郎様よりも信長様の方が優秀である。

それなのになぜか弟に継がせたがるのは不思議であった。

「そうね。長男を作ったときには、本人もまだ安定しなくて、子供に愛情をそそぐ余裕がないのではないかしら。次男や三男が出来たころには、子供に愛情を注げるようになっているから可愛いのだと思うわ」

それから、帰蝶様はふっ、と醒《さ》めたような笑いを浮かべた。

「男子に限るけれどもね」

子供への愛情が偏《かたよ》るのはもう少しなんとかならないものか、と思う。そうすれば争いも減るような気がした。

「それにしても、なんで瓜なんですか？」

「戦の勝敗を分けるのよ」

帰蝶様が笑った。


そして七月二十日。

信長様は、二千の軍を連れて出撃された。

相手は三千らしい。

「また劣勢ですか。たまには人数の多い戦がしたいですよ」

皐月がぼやくと、帰蝶様が子供のような笑いをもらした。

「そのうちね。それよりも瓜を有り難う」

皐月の手配した瓜は、陣地の後方にある小屋の中に入っていた。

今回、信長様は陣地にかなり多くの小屋を建てていた。水甕《みずがめ》の入っている小屋、瓜の入っている小屋。そして米を炊いている小屋。

寝所のある小屋まである。

帰蝶様は、そのうちのひとつでゆったりと過ごしていた。もちろん皐月も同じ小屋にいる。

「この小屋の中はいいわね。日焼けもしないし」

「物見遊山《ものみゆさん》みたいですね。言い方は悪いですけど」

「うん。なるべくそういう装いにしたい」

「兵の士気は落ちないのですか？」

「士気を上げるためよ」

帰蝶様は平然としていた。

さらに、陣地の先方にはいくつもの柵が作ってあった。

「これって、攻めるためではなくて守るための陣地に見えますよ」

「よくわかるわね。皐月も戦上手になれるわよ」

「相手の方が多いから防御するんですか？」

「半分はそうね。でも、疲れないためよ」

「疲れない、ですか」

「戦場の一番の敵は疲れと冷えでしょう。最初は元気がいいけど、すぐに疲れて、疲れたところを打ち取られてしまう。疲れた兵士が十人いても、元気な二人には勝てない。だから、戦は疲れていない兵士をどのくらい温存出来るかだと思う」

「それで小屋ですか」

「そうよ。戦ってる最中は水も飲めないでしょう。腰に竹筒をさしてはいても、なかなか取り出して水を飲むのは難しい。でも、水を飲む小屋があれば別。二千人の兵がいたとして、常に二百人は休んでいるようにしたい。そのための策なのよ」

「それにしても、こんなに短い時間でよくこれだけの小屋が作れましたね」

「それは簡単らしいわ。とにかく大切なのは、小屋の材料を全部用意して戦場に持ってくることなのよ。そうすればすぐに組みあがるのですって」

補給のための小屋があれば、兵の気持ちとしても違うだろう。

昼になって、合戦が始まった。

信長様の軍は、柵を中心に戦って、だんだんと後退してくる。

あきらかに信賢軍が押しているように見えた。前戦からはひっきりなしに兵が戻ってきて、瓜を食べ、水を飲む。

どうやら瓜は体の元気が戻るらしい。

一瞬休憩するだけでも、かなり疲れが取れるようだ。

それにくらべると、信賢軍は全然休憩なしに向かってくる。

最初こそ押していたが、そのうちだんだんと進む速度が鈍ってきた。

そのとき、ほら貝の音がした。

信長様の軍の後ろから、別の軍がやってきた。

「援軍ね」

「どこから」

「信清《のぶきよ》様よ」

「え。あちら側の人ですよね」

「この間までね」

「寝返ってくれたんですか」

「信長様のお姉様が嫁いだから。そのうえ、仕えていたのは信安様。信賢様に仕える義理はないっていうことよ」

それはそうか、と皐月も思う。いままで仕えていた相手は追い出したから、今日から俺に仕えろよ、と言われても納得は難しいだろう。しかし、仕える側は武力がある相手にはいい顔をするから、本当はどう思われているのかはわからないというところだ。

信清軍は千人。これで人数は互角である。

しかし、信長軍と戦ってきた三千と、いま来た千では疲れが違う。

あっという間に信賢軍を押し返した。

岩倉城まで押していく。信清軍に続くようにして信長様の軍も攻める。

違っていたのは、信長様の軍は行儀悪く瓜をかじりながら歩いていたことである。

「信長様が以前、瓜をかじっていたのってこういうことだったのでしょうか」

皐月は、出会ったばかりの信長様がよく瓜をかじっていたのを思い出したのだ。

「そういうこと。あのころから、こういうことを考えていたのよ」

「それは誰にも理解されないですよね」

少年のころにかじっていた瓜が、戦での布石です、などと、いまならともかく少年時代には信じられないだろう。

聞いた大人は、うつけだと思うに違いない。

岩倉城に敵が逃げ込もうとするのを見て、信清軍が撤退をはじめた。これで勝負あったと判断したのだろう。

たしかに、敵にこれ以上やる気はなさそうだった。

「気を引き締めよ！」

信長様が叫んだ。はっとなってみんなが気分を新たにする。

逃げると思った敵は、信清軍の撤退の気配を感じると打って出たのである。先頭の二百人ほどは城に詰めていた兵のようだ。

あっという間に信清軍の兵が倒れていく。長く戦っていては、気持ちはともかく体がついていかないのだろう。

「かかれっ！」

信長様の命令とともに最初に飛び出したのは鉄砲隊だった。

なんといっても鉄砲は疲労が少ない。元気でいられる時間は槍よりずっと長い。おまけに威力も変わらない。

元気な敵兵がばたばたと倒れた。

鉄砲隊の後ろから、槍隊がどっとおしよせた。信長様の部隊の槍は長い。疲れている体でこの槍を相手に戦うのは大変なように見えた。

見ているうちに半数近い敵が倒れていく。

敵は今度こそ本当に城の中に逃げ込んでしまった。

「よし、引き上げだ」

信長様が言った。

「とどめを刺さないのですか？」

「今日はよい」

それから、信長様は握り飯をみなに配り始めた。もちろんたいした量はないから、一人一個である。

それでも、握り飯が体にしみるらしい。あちこちで歓声があがる。

「皐月も食べてみなさい」

言われて一個もらう。

口に入れると、塩の味がした。

「なんですか、これ。米だか塩だかわかりませんよ」

「これが美味しいのよ」

帰蝶様が言う。

「汗を補充する味だからね」

怪我をした兵が次々戻ってくるが、案外死んでいない。相手は随分死んだようだから、大勝利といってもいいだろう。

伝令がやってきて、帰蝶様になにかを告げた。

「橋本一巴が死んだようね」

言われてはっとなる。皐月にとっても鉄砲の師匠だ。知っている人が死ぬというのは、衝撃がある。

知らない人がたくさん死んでいてもそんなに気にならないが、知っている人が一人死ぬだけで悲しくなる。

人間は勝手なものだな、と我ながら思った。

帰蝶様の方を見ると、やや怒っているように見えた。

「どうしたのですか？」

「死んでいいと言った覚えはない」

まあ、それはそうだろう、と皐月は思う。死んでいいよ、なんて味方に思うわけもないし、そもそも本人だって死にたかったわけではない。

これはきっと、帰蝶様なりの弔《とむら》いの言葉なのだろう。

「今日は帰るわよ」

帰蝶様が言った。

「城を落とさないのですか？　落ちる気がしますけど」

「落ちるけど、そうしたくないと思うのではないかしら」

「落としたくないんですか？」

「ええ。それはまた今度」

「今日落とした方が楽だと思いますけど」

「落とすとどうなるの？」

帰蝶様が、謎かけのような笑顔になった。

「どうって、敵が滅びます」

「滅んだら領民は味方になるのかしら。いままでうまくやっていた領主を殺した相手を簡単に慕えると思う？」

たしかにそうだ。領民の心を摑んでもいないのに武力で解決したら、信長様のことを恨むかもしれない。

領民に恨まれてはなにかあったときにうまくいかなくなる。それは前に信長様も言っていたことだ。

「すると、滅ぼす前になにかするのですか」

「そうよ。だから今日は帰るの」

そう言って、帰蝶様たちは追撃せずに帰ったのだった。


そして、戦のわずか半月後。

信長様は踊りの興行をされた。


「どう。似合う?」

帰蝶様が白拍子《しらびようし》の恰好で立っていた。信長様は天女の恰好をしている。つまり、帰蝶様が男装、信長様が女装だった。

家来衆も、鬼だったり餓鬼《がき》だったり、地蔵だったり弁慶《べんけい》だったりと、さまざまな恰好で集まっていた。

まさに村にやってくる興行一座そのものである。領主自体が女の恰好をして踊るというのは威厳もなにもない気がするが、信長様はまるで気にされる様子はなかった。

人目というものに興味がないから国がまとまらないのでは、と思うくらいである。

数年前も津島《つしま》というところで興行をして、村人からは喜ばれた。ただし、武将たちからは「やはりうつけ」と言われていた。

今回は、攻める予定の岩倉城の周りの村から人を呼んで踊りを披露することになっていた。

「踊っている間に敵に攻められませんか？」

清洲城と岩倉城は近い。歩いても一刻程度である。だから、踊りの興行を城から見て、すぐに攻めることもできる。

だから危険きわまりないと言えた。

だが、帰蝶様も信長様もまったく警戒していない。

「岩倉城もですが、鳴海城だってあるではないですか」

信長様は、鳴海城の山口左馬助親子も放置していた。いまは信長様に表立っては敵対していないが、あきらかに狙っている。

この状況でのうのうと踊っていていいのだろうか。

信長様は近隣の村の長老と楽しく語らっていた。長老たちの方も、なんといっても信長様が自ら踊るというので感激している。

信長様は、ひとしきり語ると言った。

「来年、お前たちの村を焼き払うことになる。そのときは財産を持ってしばらく逃げよ。お前たちを害するではないが、岩倉城を包囲するために必要だからな」

長老たちは驚いたが、あらかじめ予告されるのであれば納得もできるようだ。

「いつ頃になりましょう」

長老たちが落ち着いて聞いた。

「春だ。このことは岩倉城の者に伝えてもよいぞ。お前たちを責めはせぬ」

信長様は村の者にはあくまで寛大な態度を見せた。そのうえで、焼き払ったあと、村の再興に必要な金子《きんす》も渡した。

「先に渡していいんですか。あれ」

「いいのよ。その方が村人も安心するわ」

「そんなものですか」

「買い戻せる財産なら気にしない。先に言っておけば犠牲者も出ない。なんの問題もないわ」

帰蝶様が自信たっぷりに言った。たしかに、不意に起こる戦ならともかく、わかっている災害なら問題ないのかもしれない。

政《まつりごと》というのは皐月には難しい。

踊りの興行が終わったあと、皐月は気になったことを帰蝶様に尋ねた。

「大丈夫なのですか。岩倉の城に言われるのではないですか」

「もちろん言ってくれて構わないわよ」

帰蝶様があっさりと言う。

「でも、相手に備えをされてしまいます」

「どう備えるというの？」

そう言われるとその通りだ。岩倉の軍は主力を失ってしまっている。今更兵を集めようにも、負けている武将のところに簡単には集まらないだろう。

むしろ脱走する兵が出るかもしれない。

ということは――。

「確かに放っておけば相手の兵力は勝手に減りそうです」

「戦というのは殺し合いだけど、敵も味方もなるべく死なない方がいい」

帰蝶様はそう言うと、男装のまま声をたてて笑ったのだ。


それからしばらくした十一月。

信長様は病気ということで清洲城の奥で寝込んでしまった。

「粥《かゆ》を作ってくれないかしら」

帰蝶様がやってきた。

「なるべく薄いやつ」

「かまいませんけど、大丈夫なのですか？」

「なかなか重い病だから、しっかりと作って」

そうは言っても、帰蝶様の顔はいつものままだ。とても信長様の病気を心配しているようには見えなかった。

生姜《しょうが》を多く刻んで、味噌もたっぷりと溶かす。風邪《かぜ》のときにはなんといっても生姜と味噌である。

粥を運んでいくと、寝込んでいる信長様のわきに弟の勘十郎様がいた。

「こんにちは」

皐月が挨拶すると勘十郎様はやや心配そうな表情で頭を下げる。

「お茶をたてて」

帰蝶様に言われるままに、茶をたてる。

勘十郎様は喉が渇いていたらしく、お茶を一気に飲み干した。

そして血を吐いて倒れた。

「勘十郎様！」

びっくりして立ち上がると、帰蝶様が冷静に手で制した。

勘十郎様はしばらくして亡くなった。

信長様が寝床から起き上がった。

「これは病で亡くなったな」

「勘十郎様が病だったのですか？」

「そうよ。知らなかったの？」

帰蝶様があっさりと言った。たしかに、許されてからも勘十郎様をかついで尾張を制圧しようという動きがあるのは聞いていた。

しかし、帰蝶様も信長様も笑って放置していた。

「なぜ、いまなんですか？」

「岩倉城を落として尾張を平定するから。そのときに勘十郎様は邪魔なのよ。ね、そうでしょう。勘十郎様」

帰蝶様は、勘十郎様の死体に声をかけた。

「もう死んでいますよ」

「だからいいのよ。生きてる人間は反撃するかもしれないでしょう。文句は死体に言うのが一番安全なのよ」

「そうであるな」

信長様も同意すると、二人で楽しそうに笑った。

一応弟ですよ。と少し思ったが、それを言うなら兄を殺そうとする弟にも問題がある。うかうかと見舞いに来たほうが悪いのだろう。

「お母様は大丈夫なのですか。とりなしてくださったでしょう」

「とりなしたのは生きている勘十郎であろう。死んだ勘十郎のために同じことをするとは思えぬな」

「葬式は出してくれ、とお願いされるやもしれません」

帰蝶様がすまして言った。

そういう問題ではないような気がするが、きっとそうなのだろう。皐月がわからない方がきっとどうかしているのだ。

「これで尾張はまとまるということですか」

「そうね。まとまるでしょう」

そう考えると、毒殺というのは一番効率がいいかもしれない。なんといっても一人しか死なないからだ。

勘十郎様は、信長様の風邪がうつって亡くなったことになった。

もともと勘十郎様の配下だった人たちも、特になにか言ったりしなかった。信長様を殺そうとした林佐渡守にいたっては、「これで尾張も平和になろう」と言い出した。

いやいや、この人のために信長様を殺そうとしましたよね。と思ったが、柴田権六様も同意している姿を見て、みんなどうかしてるが仕方ないか、と思う。

「勘十郎様って嫌われていたのですか」

帰蝶様は、皐月の質問にどう答えたものか、という表情になる。

「嫌われていた、というわけではないけれども、絶望はされていたわね」

「どこが違うのですか？」

「嫌われているというのは感情。絶望というのは損得勘定ね」

そう言ってから、皐月の額をこつん、とつついた。

「わたくしは皐月を頼りにしているし、皐月もそれはわかっているでしょう。だから戦場でもわたくしの食事を作るし、血の臭いの中でもわたくしと眠るでしょう」

「それが仕事ですから」

「そうね。でも、もしまったく評価されなかったら、もしかしたらわたくしに毒を盛ってもいいと思うかもしれない」

「そんなことは」

ない、といいかけて考える。はたしてそうだろうか。皐月を大切にしていない帰蝶様を見たことがないから想像はできない。

もし、他のひとに仕えていて、帰蝶様に毒を盛ってこい、と言われたらそうするような気がした。

「たしかにそんなことはありえますね」

「でしょう。勘十郎様はそれがわからなかったのよ」

「ということは、誰かが裏切って、勘十郎様をここに行くようにしむけたということですか」

「柴田権六よ。勘十郎様が謀反を企んでいるという連絡をしてきてね。おびきよせて殺したらどうかって言ってきたの」

「重臣ではないですか」

柴田様も、勘十郎様のために信長様を殺そうとしていた。それなのに今度は勘十郎様を裏切ったということか。

「そんなに簡単に裏切るひとは信じられません」

「そうね。簡単にはね。でも助かったわ。勘十郎様の不手際にはね」

帰蝶様はそういうと、簡単に説明してくれた。

柴田権六は、戦も上手で、村人ともうまくやっていた。ただ、顔はごつごつとしていて雅《みやび》ではない。

そこへ来て、前に林佐渡守が言っていたように、勘十郎様は顔だちのいい津々木蔵人を恋人にして、有力な武士をみな津々木の下につけてしまった。

柴田様の下にいるのは雑兵《ぞうひょう》だけである。

これは武将にとっては相当な恥だ。

色に負けた武将と言われることになる。たしかに、それだと裏切りたくもなるだろう。

「勘十郎様は小さいころからちやほやされて、次の尾張の主君はお前だと言われて育ってきたから空気が読めないのよ」

「空気なら信長様も読めないのではないですか」

「あれは読めないのではなくて、読まないの」

そういってから、帰蝶様はくすくすと笑う。それは相変わらず少女のようで、皐月はその笑顔で頼まれたらなんでもしてあげたくなる。

「だから、勘十郎様が死ぬのはご自分のせいなのよ」

そして、母上様は葬式の手順を気にしただけだった。

なにごともなく年が明け、春がやってきた。

ある日、帰蝶様が嬉しそうな足音で近付いてきた。

「お酒の準備して。わたくしの分だけでいいから」

「ああ。いよいよやるんですね」

帰蝶様の足音と、希望するものでなんとなくわかる。岩倉城をとうとう攻め落とす気持ちになったらしい。

「皐月も銃を撃ってみる？」

「撃ちません」

答えながら、帰蝶様のために料理を作った。

帰蝶様といえば肉である。猪を煮て、酒も出した。

「これからが大変だから、しっかり食べないと」

「岩倉城の攻略って大変なんですか？」

「あれは踊りの興行と大差ないわ。ゆるゆると攻め落として終わり。問題は駿河の今川をどうするかよ」

「なんだか尾張を狙っていますものね。和睦する方法があればいいんですけど」

皐月が言うと、帰蝶様が笑い出した。

「なにを言ってるの。和睦なんてできるわけないでしょう。逆よ、逆」

「逆？」

「こちらから仕掛けるのよ」

「仕掛けるって、なにをですか？」

「戦。そして今川義元を討ち取るの」

「いや」

皐月は思わず首を横に振った。

「それだけはないでしょう」

「なぜ？」

「だって、四万くらいいますよ、あっち。こちらは頑張って四千とか、五千とか。どう考えても負けるのではないですか」

「狂ってると思う？」

「思います」

「みんな思うでしょうね」

帰蝶様は満足そうに笑った。

「わたくしに慣れている皐月でもその顔をするということは、普通の配下たちにはとても納得できることではないでしょう」

いや、おかしいというか、やはりそれはありえない。今川義元といえば、多分いまこの国で一番強い武将である。

武田が強い、とか、上杉が強い、といっても、やはり京都からは遠い。それに駿河というのはとにかく豊かである。

海もあるし、作物も豊富で、兵も強い。

尾張も豊かではあるが、統一もしていない信長様が勝つ方法はどこにもないように思われた。

「でも、今川を倒せるかは、岩倉城にかかっているのよ」

「かかっているもなにも、今川義元って天下に一番近いひとですよ。こういってはなんですが、織田に勝ち目はないでしょう」

「でも、倒さないと天下は取れないわ。わたくしは天下が欲しいの。知ってるでしょ」

「それとこれとは」

「同じ。いつか倒さないといけないのよ」

そう言われればそうだ。本当に天下を狙うなら、確かに今川は倒しておかないといけないには違いない。

「今川は織田の十倍。簡単にもみつぶせる。誰もが思うでしょう。織田の側ですら思うでしょうね。だからいいのよ」

「いいっていうのはなんですか」

「賭けになるのよ」

「いや、ならないですよね。ただ狂ってるだけです。殺されますよ」

「天下を取れないならいま殺されても一緒でしょ」

帰蝶様はあっさりと言った。

「生きてる方がいいと思うんですが」

「それと、皐月はわたくしと一緒に戦場に行くのよ」

「なにをしにですか？」

「内緒」

それから、帰蝶様は楽しそうに笑うと、皐月の耳元に口をよせた。

「狂ってるから勝てるのよ」

岩倉城の攻略が始まった。

信長様は、まったく戦をする気がないようだった。ないというか、槍をまじえる気がないようだ。

　岩倉城の周りを囲むように砦を作ると、鉄砲と火矢を射かける。

しかし、接近戦をすることはない。ただ囲んでいるだけである。

ただし、城と周りの連絡は完全に遮断した。

「これでしばらくしたら落城するわ」

「これだけですか？」

「食べ物がなければ降伏しかないでしょう」

　帰蝶様が言う。

「囲むだけだと犠牲は少ないですね」

「ええ」

　言いながら、帰蝶様はなにか考えているようだった。

「仮に二万の軍を動かすなら、食べ物はどのくらい必要なのかしらね」

「わからないですけど、かなり必要でしょう」

「腰に食料を下げていたとしてせいぜい三日。もし運搬しにくい場所で戦うとなると、気持ちの上では大軍の方が厳しいこともあると思う」

　食料のことなど考えたこともなかった。

「よく考えたら、信長様の軍って食料の心配をしたことないですよね。水も」

「食料不足は嫌いなの」

帰蝶様がきっぱりと言う。

「ここのところ小屋を建ててるでしょう」

「そういえば、相手は地面に食料を置いてることも多いですけど、信長様はとにかく小屋を建てますよね」

「ええ。食料は湿気があるといたむからね。戦場で一番怖いのはとにかく冷えからくる病気よ。みんな疲れるから病気になりやすいの」

食料と病気。弓や鉄砲や槍ではなくて生活の心配をしているような気分だ。

そんなことを考えているうちに二ヵ月がたった。

岩倉城はまだ抵抗していたが、炊煙《すいえん》が立たなくなった。もう城の食料は全然ないといってもいいだろう。

そのころから、信長様の軍は鍋で粥を作りはじめた。

そして兵たちは粥を食べる。

その匂いが城にも届くのだろう。我慢できなくなったのか、打って出る兵もいた。

が、鉄砲に撃ち倒されてしまう。

三ヵ月がたった。

ある日、城から使者が来た。

降伏である。

信長様の軍の死者は一人もいなかった。

食べるものがなければ戦えない。

簡単なことだった。

岩倉城を落とした信長様は、尾張のほぼ全土を掌握した。岩倉城で降伏した兵にはなんのとがめもなかった。

ただ、信長様の配下にしただけである。

城から出た兵たちは、一斉に粥にむらがった。むしろ降伏した将兵に食べさせるために粥を作っていたのだろう。

やせ衰えた兵たちが食べすぎないように呼びかける。飢えた体で食べすぎれば死ぬ。兵もそれはわかっているから、一口か二口で我慢する。

いずれにしても、もう殺し合わなくていい、という気持ちは大きかった。

戦を終えた信長様は、帰蝶様と二人で食事をとることにしたようだった。作れ、という沙汰が来る。

皐月は手早く準備を整えると、二人を待った。

やがて、帰蝶様が信長様と戻ってきた。

「おかえりなさいませ」

そういって、食事を出す。

信長様は華美な食事を好まない。本当は好きなのかもしれないが、少なくとも皐月に対しては要求しない。

浜辺の雑魚、貝や海老と蟹《かに》を適当に味噌で煮込んだものと、茄子である。

「戦が終わるといつも茄子であるな」

信長様が笑った。

「夏に戦をなさるからですよ」

「では今度は春に終わらせることにしよう」

皐月は、気になっていることを口にした。

「ところで、本当に今川と戦をされるのですか？」

「もちろんである」

信長様は当たり前のように言った。

「でも、あちらは十倍ですよ」

「人数の話であるな」

「人数は重要だって、昔おっしゃっていたではないですか」

「うむ。重要だ。だが、敵が十倍いるからこそ勝ち目もあるというものだ」

「まったくわかりません」

「いまはわからずともよい。その場になればわかるゆえな」

信長様が言う。つまり、「その場」に皐月もいるということだ。殺されるときはなるべく楽に死にたい、と思いつつも、皐月は給仕をしたのであった。

尾張を大体平定した信長様だったが、鳴海城にいる山口左馬助親子は、平然と今川義元と連絡を取っていた。

鳴海城は今川の出城のようになっている。

ここを拠点として、今川が攻めよせてくるのはわかりきっていた。

だが、帰蝶様も信長様も完全に放置していたのだった。

「鳴海の城はどうされるのですか？」

ある日、皐月が我慢できずに聞いた。

「今川のことね」

「はい」

「そろそろ決着をつけることになるわね」

「うむ。まずは城を守る山口親子の始末であるな」

信長様も頷いた。

「始末ってそんなに簡単にできるものなのですか」

「簡単よ。今川に殺させるわ」

「それはいくらなんでも無茶でしょう」

皐月が言い返す。山口親子は、傍《はた》から見ても今川家に忠義を尽くしている。褒美を取らせることはあっても、今川が山口親子を殺すとはとても思えなかった。

「あんなに忠義を尽くしている人を殺すとは思えません」

「山口親子の忠義とは、誰から見てのことであるか」

信長様が言う。

「誰って、誰が見ても今川ではないのですか」

「ではなぜ忠義を尽くすのだ」

そう言われて、皐月は考え込んだ。この場合は、今川義元に認められて、取り立てられたいということだろう。

今川義元もそれはわかっているはずだ。

「その忠義がもし策略であるならどうであるか」

「策略ですか？」

「警戒している相手に討たれるような武将はいないわ。反対に考えれば、相手を討つためにはまず忠義を尽くしてみせなければならないの」

帰蝶様が言う。

そういうことなのか。と皐月は思う。普通に考えれば、山口親子が今川を裏切る要素はあまりない。

しかし、織田家と今川家は、昔から対立してきた。山口親子は信長様とは対立しているが、父親の信秀様には忠節を誓ってきた。

だから、今川義元を取り除くという野心があってもおかしくはない。つまり、今川としては完全には信用できないといったところだ。

「それでも、殺したら鳴海の城はどうするのですか？」

「そんなものは誰かにまかせればいい。主君が死んだという理由で単身今川に歯向かう者はいないだろうよ」

言いながら、信長様はにやにやしている。

「それは、なにか裏があるということですね」

「うむ。鳴海の兵も組み込んで軍を編制するだろう。しかし、どう使うかな。直属の軍にするには信用できぬ」

「たしかにそうですね」

皐月は答えながら、すると、今川側の直属というのは何人なのだろう、と思う。もし軍自体は寄せ集めで、信頼できる配下の人数が三千人程度なら、信長様の軍勢と大した違いはないということになる。

しかし、それは信長様が相手の軍の中心をうまく攻められればという話だ。やはりそんなにうまくいくとは思えなかった。

「今回はお前にもよく働いてもらう。頼むぞ」

「わかりました」

なにを頼まれるのかはともかく、頑張ろうと思ったのだった。

翌永禄三年の春が近づいてくるころ、信長様は突然行動を起こされた。

鳴海の城のすぐそばに、砦を築いたのである。

山口親子は、鳴海、沓掛《くつかけ》、大高《おおだか》という三つの城を支配していた。信長様は、鳴海と大高の間の連絡をさえぎるようにして砦を築いたのであった。

これはもう、「今から戦争します」という宣言である。今川からすれば、腹を立てるには充分だった。

今川から見る織田の立場なら、「上洛《じょうらく》を邪魔したりしないから見逃してください」という態度を取るべきなのである。

服従するなら見逃してやる、といった考えだろう。

それが、「戦争します」と示す行動を取ったのだ。驚くとともに怒りを感じたに違いない。

当然、今川から信長様に何人もの使者が来た。

そして信長様は全員追い返した。

さらには、「そのうち山口親子が今川の寝首をかく」ことをご自分の配下にもらされているのを「聞かれてしまった」のである。

その結果、山口親子は駿府に呼び寄せられて殺されてしまった。

帰蝶様はそれを聞いて大笑いしていた。

武将の命は軽い。庶民もよく死ぬが、武将は、おいおい、という死に方が多い。皐月はあまり理不尽な死に方はしたくない、と思う。

もっとも今度の戦で殺されるかもしれないが。

信長様は、砦を築くと、すぐに佐久間大学《さくまだいがく》、織田玄蕃《げんば》という二人を呼び寄せた。

佐久間様は、もともと勘十郎様に仕えていた。勘十郎様が亡くなってからは信長様に仕えていて、評価されていた。

玄蕃様は信長様の後見役ともいえる重臣である。

二人は戦上手で知られていた。

「二人とも、すまないが死んでほしい」

二人が揃うと、信長様は世間話のように切り出した。

「かしこまりました」

佐久間様が頷いた。

「死に方を教えていただきたい」

玄蕃様が言う。

「討ち死にである」

信長様が答えた。

「佐久間は丸根《まるね》の砦。玄蕃殿は鷲津《わしづ》の砦に兵と入り、今川の軍と戦ってほしい」

「敵の数は」

「二万と見てよいと思う」

信長様がいうと、玄蕃様は声をあげて大笑いした。

「それはなかなか面白い死に方ですな。いいでしょう。だが、わしが死ぬとどうなるのか、それをお伺いしたい」

「今川義元の首が取れるのである」

「これは大きく出ましたな。うつけ殿らしい」

玄蕃様は楽しげな表情になった。

「して、どの程度の戦でございますか」

「敵兵をとにかく疲れさせてもらいたい」

「しかと承りました」

それから、信長様は佐久間様の方に向いた。

「そちはどうであるか」

「もちろん異存はありません。いかにして今川を疲労させるか考えておりました」

佐久間様も笑う。とてもこれから死ぬ相談という雰囲気ではない。

「酒を」

信長様が言った。

酒とつまみを持っていく。つまみは炙《あぶ》った味噌にした。こういうとき、信長様はあまり凝《こ》ったつまみは好きではない。美味すぎると会話の邪魔になるらしい。

三人は楽しく会話をしていた。帰蝶様が皐月を連れて別の部屋に行く。酒を運ぶのも他の女中にまかせた。

「どうして別室に行くのですか」

「楽しい話の邪魔はしたくないから。顔を知らない女中のほうが邪魔にならないのよ」

「楽しいんですかね。これから死ぬのに」

「ええ。楽しいのよ。いつまでも子供だからね。顔見てごらんなさい」

そっと覗《のぞ》くと、たしかに楽しそうに話している。

「わたしにはわかりません」

「人間はどう死ぬか、だからね。死ぬときに楽しかったり、満足しているのが一番なのよ。あのひとたちは楽しく死のうとしているの。だから一番楽しいのよ」

そういうものなのか、と納得はしたが、皐月には一生わかりそうもない気持ちだ。

信長様と話したあと、二人は砦にこもった。

今川の軍を迎え撃つつもりらしい。

そして皐月は、帰蝶様に内々に呼ばれたのであった。

「今回はわたくしたちが重要な役割を果たします」

「なにをするのですか」

「今川義元を、桶狭間山《おけはざまやま》に釘付《くぎづ》けにするのです」

「なぜですか?」

「そこにいてくれないと勝てないから」

「まったく意味がわかりません」

皐月が言う。なぜ桶狭間山ではないと勝てないのか。そもそも、桶狭間山というのは別に地名でもない。

桶狭間付近の山あいをなんとなくそう呼んでいるだけだ。

「あのへんに平地があるでしょう」

「ありますね。人は住んでいないけど平坦《へいたん》なあたりが」

「あそこが決戦地なのよ」

「理由はあるのですか?」

「あのあたりの道をさりげなく普請してあるの。だから、攻める兵士にとっては楽な場所なのよ」

「砦を築く前からそんなことを考えていたのですか？」

帰蝶様と信長様は、かなり前から桶狭間山を決戦地と思っていたらしい。そうでなければ、道普請などしているわけもないからだ。

しかも、相手からすれば、なんだか歩きやすいぞ、というくらいでそこに罠《わな》があるとは思わないだろう。

「女たちが酒を持参して今川義元を歓待するわ。そこで酒宴を開いて足止めをするの」

「そんな歓待を受けますかね」

「受けるわ。そのくらいこの戦は今川が有利だから。それに、わたくしを側室にするのは今川義元にとっても悪くはない」

美濃の斎藤道三の娘となると、確かに価値はあるだろう。今川にしてみれば、いずれは戦うことになる義龍に対してのゆさぶりになる。

父道三を殺した男への対抗勢力になるのだ。

そう考えれば、帰蝶様を囮《おとり》にする作戦はうまくいきそうだった。

「でも大丈夫ですか？　体を汚されたりはしないですか？」

「今川は戦場では女は抱かない。そこは大丈夫よ」

「もし信長様が負けたら？」

「仕方がないからそのまま今川の女になる」

負けない、という顔ではあったが、負けたら他の選択はなさそうだった。

そして、戦ははじまった。


永禄三年五月十六日。

今川軍は、大高城に大量の食料を運び込んだ。四万の兵の食料である。そして今川様は、沓掛城に入って陣をしいた。

そして、帰蝶様は、戦女の中でも特に美貌の女を十人選び、皐月も含めて十二人で今川様の陣を訪れたのである。

「織田信長が正室、帰蝶が来たと申せ」

帰蝶様は堂々と言った。

「お前が本物という証拠はあるのか」

兵士が言う。

「会えばわかる。わたくしの言葉を疑うならあとでその首が落ちまする」

帰蝶様は堂々と言った。

迫力というか育ちの良さが空気として出るのだろう。ほどなく今川様のところに案内された。

「ご無沙汰しております」

帰蝶様は頭を下げた。

「大きくなりなさったな。そして美しくなられた」

今川様は、笑顔になった。敵対している相手という雰囲気はない。

「ところでどうされた。信長殿の命乞《いのちご》いか？」

今川様には余裕がある。絶対負けるはずがないという陣構えである。たとえなにかの罠があるとしても粉砕《ふんさい》できると踏んでいるようだった。

「義元様の側室になりに参りました」

帰蝶様が笑顔で言った。

「何と申された？」

今川様は、何を言われたのかわからなかったようだ。それはそうだ。敵の総大将の正室が、いきなり側室として押しかけてくるなどあり得ない。

「側室になりに来たと申すのです。おいやですか？」

帰蝶様は重ねて言った。

ここにきて、今川様はやっと言葉を呑《の》み込めたらしい。

つまり、絶対に負けて死んでしまう信長様を捨てて、いまから今川様の側室になりますよ、ということである。

今川様は、帰蝶様をじっと見つめた。皐月も、今川様は見たことがある。帰蝶様が六歳くらいの頃だろうか。

いまは美しくなった帰蝶様を側室にするのをどう思ったのかはわからない。

「そうか。気持ちは受け取った」

「ただ、少しだけ条件があるのです」

「なんだ？」

「領民からの略奪と、女への乱暴をやめていただきたいのです。そうすれば尾張の領民はことごとく義元様になつくでしょう。天下を狙うのであれば、尾張の領民を大切にされることは必要かと思います」

「信長殿ではなくて領民への気遣いか。さすが道三殿のご息女だけのことはある」

今川様は、帰蝶様の態度に感心したようだった。

皐月も感心する。

全く思ってもいないことを平然と言っているうえに、もし本当に信長様が負けた場合でも領民の安全を確保する。

今川様から見ても、これは本当のことを言っているとしか思えないだろう。

「それと、戦の間おそばにおいてください」

「なぜだ」

「自分の目で最後を見たいのです」

「その心はあっぱれである。のぞみをかなえよう」

今川様が納得した。

そして、帰蝶様は今川様の側室として従軍することになったのである。


永禄三年五月十七日。

今川義元は四万五千の軍を引き連れて尾張に侵攻してきた。うたい文句が四万五千だから、実際には半分くらいかもしれない。それにしてもものすごい大軍である。

十八日には兵糧の準備をして、いよいよ鷲津、丸根の両砦に攻めてきた。

最初に襲われたのは鷲津の砦だった。四百の兵が守る砦を、二千を超える今川軍が攻めた。

しかし、道が悪い。信長様は道普請で、砦の周りを悪路にしていた。討ち死にする予定だから、砦の周りはどんな悪路でも構わない。

今川軍を疲労させるのが目的だからだ。

軍というのは、先陣が手間取れば、疲労は先陣だけの問題ではなくなる。後詰《ごづ》めの兵も疲れるし、補給のための兵も疲れる。

つまり、目先は二千でも、万を超える兵が疲労するのだ。

だから、なるべく戦わずに降伏させるのがいい。が、砦の兵は死ぬつもりだから降伏はしない。

戦が長引けば食料も消費する。そうなると兵が多い方が大変である。自然と無理攻めになって死者も増える。

丸根砦も粘った。佐久間大学は戦上手と言われるだけあって、なかなか落ちない。

結局、十八日の夜中に始まった戦が終わったのは十九日の正午だった。

四万もの軍が長時間戦闘態勢でいるのは、なみの疲労ではない。

「疲れてしまいました。休みましょう」

帰蝶様が言った。

「そうだな。どこがいいだろう」

「桶狭間山になさいませ。あそこは平坦ですゆえ」

帰蝶様のいうとおり、今川様は本陣を桶狭間山に移した。

もし、巻山《まきやま》などに移されたら織田軍に勝ち目はない。だから、どうあってもこの桶狭間山にいてもらわねば困るのだ。

帰蝶様は、簡単な天幕を張ると、白拍子の恰好に着替えた。おつきの戦女たちは天女の恰好に着替えて、今川様の戦勝の舞を踊る。

そして、皐月は鼓《つづみ》を打った。

戦のさなかである。鼓を打つなどあってはならない。敵に位置がわかってしまうからだ。

しかし、圧倒的優勢におごった今川様は、気にもしなかった。

「織田軍三百、討ち死にでございます」

報告が入ってくる。三百程度の兵では、なにをやっても勝ち目はない。だが、この無駄死にがこれから生きてくるということだ。

本陣にいる兵は、地面に座り込んで休みはじめた。

眠っている者もいる。

戦場においては、短い睡眠が大切である。ただし、眠っている時に敵に襲われるような状況では眠ってはならない。起きたばかりだと体が動かないからだ。

それなのに眠ってしまうということは、よほど油断しているということだろう。

帰蝶様は、戦女たちに持ってこさせた酒を今川様に出した。

「召し上がりますか？」

「いや、酒はどうかな」

今川様がさすがにためらった。

帰蝶様が、口に酒を含むと、自分の唇を指さした。

今川様が誘惑に負けて帰蝶様の唇に吸いついた。

ひと口飲んでしまえばもう駄目である。配下も駄目である。今川様は大切な心の一線を越えた。

大将がそうであったのでは、戦女たちが、口移しの酒をふるまいはじめた。

そのとき。

不意に雨が降り始めた。

かなり強い。雹《ひょう》までまざっている。

地面に寝転がっていた兵たちもあわてて起き上がって天幕を張る。幸い今川様は最初から天幕にいたので濡れはしなかった。

「雨がやむまで飲みましょう」

帰蝶様が今川様にしなだれかかった。

今川様が、戦場の緊張感を全部失った顔で帰蝶様を抱きしめた。

皐月は、ずっと鼓を叩きつづけた。もう舞は終わっているから、いくらなんでも不自然だと思えるが、誰も気が付かない。

そして信長様の軍は、鼓の音でこちらの位置を知ることができるはずだった。

突然降り出した雨は突然やんだ。

そして、兵たちの喊声《かんせい》が聞こえてきた。同時に、鉄砲の音がたてつづけに聞こえた。

信長様が、鉄砲隊を全員繰り出したに違いない。

今川様が驚いて起きあがった。

「なんだ。あの声は」

「織田軍の声でございますよ」

帰蝶様が楽しそうに笑った。

「あなたを殺す声です」

ここにきて、今川様は帰蝶様の計略に気がついた。あわてて刀を手に取る。

「わたくしを殺しますか？　それでもいいですよ。女の色に迷ったあげくに逆上して女を斬りますか？」

今川様は、刀を手に取ったまま、くくく、という笑い声をたてた。

「このわしともあろうものが油断したわ。ここは帰蝶殿の勝ちだ。それにしても解《げ》せぬ。わしがどうして負けて死ぬのか、帰蝶殿はご存じか」

「わたくしの意見でよろしいの？」

「あの世で道三殿と飲みかわすときの土産《みやげ》にしよう」

今川様は落ち着いていた。

「では、まず、義元様はうわべの兵力が多すぎました」

「うわべ？」

「鳴海の城の兵まで勘定しても、親身に働く兵は少ないでしょう。つまり、義元様の真の兵力は本当は四千程度。織田とそうは変わらないのですよ」

「そうか。わしのおごりか」

「はい。左様でございます」

帰蝶様がきっぱりと言った。

「他には」

「この場所でございます。ここは攻めやすいですから」

「しかし、それは守りやすくもあるだろう」

「道を整えてあるのです」

「道？」

「戦大工を使って、道を通りやすくしてあります。反対に、砦の周りは悪路にしてあるので攻めるのは大変だったでしょう」

「戦大工というのは？」

「戦をうまく運ぶための大工です。兵以外の力が戦をより勝ちに導きます」

「信長殿が考えたのか？」

「いえ」

帰蝶様が胸を張った。

「わたくしでございます」

今川様は、心底感心したような顔を見せた。

それから、ゆっくりと立ち上がる。

「信長殿が天下を取るのを信じておるよ」

そういうと、天幕から飛び出していった。

「逃げるわよ。皐月」

帰蝶様がこの戦の中ではじめて緊迫した声を出した。

「この戦の中で兵は獣《けもの》になってるから。うろうろしてると犯されて殺されるわ」

戦女たちは、逆にうきうきとした顔で化粧をしていた。

「あのひとたちは」

「これから男に抱かれるのが仕事だからね」

帰蝶様は平然と言った。

戦女という人たちは頑丈だな、と皐月は感心する。

天幕を出るなり、帰蝶様が叫んだ。

「般若介！　般若介はいるの！」

兵の中から、般若介が飛び出してきた。槍を持って、血まみれである。

「わたくしと皐月を守って殿のところまで連れていきなさい」

帰蝶様はきらきらとした表情であった。

般若介は、すぐに十人ほどの兵を連れて帰蝶様を守った。この乱戦では、女だというだけで危ないことこのうえない。

味方でも槍で突いて逃げるくらいの気持ちが必要だった。

幸い、織田の兵は義元様たちに群がっていて、こちらには見向きもしない。

帰蝶様と皐月は無事に落ちのびることができたのだった。

信長様の陣が見えてきたとき、帰蝶様は、不意に皐月の唇に唇を重ねてきた。

「いくらなんでも義元様のすぐあとに信長様というわけにはいかないからね」

そういって照れたように笑う。

それから、右手の人差し指を唇に当てた。

「ないしょよ」

「はい」

皐月は大きく頷いた。

きっと、帰蝶様の活躍は記録には残らない。誰かがうまく記録を書き換えて、信長様の知略ということにするに違いない。

もちろんそれでいいのだが。

この絶望的な戦を簡単にひっくり返すようなひとがたまたま女だったというのを天下は感謝すべきなのかもしれない。

帰蝶様がヤバい人だというのは、皐月だけが覚えておこうと思ったのだった。

「俺に感謝の言葉はないのか」

不満げに般若介が言った。

「あら、まだいたの」

言ってから、さすがに悪かったかもしれない、と皐月は思った。一応命をかけて守ってくれたわけだ。

「ごめんなさい。まだ他人に気を使えないの。戦場帰りだから」

皐月が言うと、般若介は納得したようだった。

「そうだな。たしかに戦場はきついからな」

皐月はふと、帰蝶様の唇の感触を思い出した。般若介の唇は、帰蝶様と同じなのかが気になった。

「どうしたんだ?」

般若介が不思議そうな顔をした。

「いや、あんたの唇ってどんな感触なのかなって思っただけ」

「試すか」

「いらない」

答えたが、般若介はその気になったらしい。ふいに抱きしめられて唇を重ねられた。帰蝶様の唇と違ってひび割れて乾いていた。正直気持ちいいかと言われると、猪の干し肉を押しつけられたような感覚しかない。

しかし、般若介はものすごく嬉しそうだった。

喜びをあらわしながらどこかに行ってしまった。

なんだろう、あれは。皐月は思う。帰蝶様以上に謎な部分がある。

そして、そう考えたあとで少し具合が悪くなった。いまになって血の臭いが体に影響を与えたらしい。

吐き気がして、地面に座り込んでしまった。

戦のあとでよかった、と思う。

それはみなもそうらしくて、戦が終わったあとに吐いている兵は多かった。これでは、誰も戦えないという雰囲気だ。

信長様は、追撃はいっさいしなかった。今川様を討ち取って敵は撤退したが、それは一種の気のせいである。

もし気をとり直して攻めてきたら、織田は簡単に滅んでしまう。だから逃げるに任せて、清洲城の防御を固めたのであった。

それにしても信長様の上機嫌は今までに見たことのないほどだった。反対に、帰蝶様は全く面白くないという表情になっている。

「どうかされたのですか」

皐月が尋ねると、帰蝶様は首を横に振る。

「浮かれすぎ」

「浮かれてもいいではないですか」

「それは、普通のときね。勝ち目のない戦にたまたま勝った時は浮かれてはいけないの」

帰蝶様が大きくため息をついた。

「次の戦は負けるかもしれないわね」

「それって一大事ではないですか」

「まあ、そうね」

帰蝶様はまたため息をつく。

「男っていうのはどうしようもないわね」

「男だからなんですか」

「ええ。男だから。血がたぎるっていうのかしらね。あの今川に勝ったのだから無敵だ、って思いたいのよ」

血がたぎる。たしかに、あの絶望的な戦に勝ったのだから、気持ちが盛り上がるのはわかる。

といっても、皐月からすると、一年くらいは戦などせずにぼんやりと過ごしておきたいところだ。ここでさらに戦というのは気持ちがわからない。

「帰蝶様も行かれるのですか」

「行かない。負け戦の報告を館で待ってるわ」

けだるい声を出しながら、帰蝶様はあくびをした。

「信長様はどこかを攻めるのですか」

「美濃だって」

「義龍様を倒すのですね」

「そうね。でも負ける。あの兄は、そんなに簡単ではないわ」

「でも、今川様の方が強いのでしょう？」

皐月がいうと、帰蝶様はふっ、と冷たく笑った。

「いい、皐月。戦はね、数字の比べっこではないのよ。どんなに強く見えても負けることもあるし、弱くても勝つこともある。でも、基礎的な力というものはある。その意味では尾張はまだ美濃に勝てないわ」

たしかに美濃は強い。信長様は戦上手だが、尾張は統一されたばかりだし、領民の基盤を作るにはまだ時間がかかるだろう。

「負けたらしばらく大人しくなるかもしれないから。今回はいいわ」

それから帰蝶様は、皐月を力強く抱きしめた。

「負け戦は嫌い。なんだか泣きそうになるから」

「好きな人はいないでしょう」

「だから勝てる国にしないといけないのよ」

「なにかお考えがあるのですね」

皐月が言うと、帰蝶様は頷いた。

「ある。みながやって来たいと思う国にするのよ」

「やって来たい？」

「そう。商いが盛んで、ここに来れば物が売れるぞ、という国。安全で、盗賊にも襲われないような国よ」

「それはいい国ですね」

「そのためには二つのものが必要なの」

「なんですか」

「道と軍」

帰蝶様が言う。たしかにその二つはあった方がいいが、帰蝶様の考えていることは皐月とは違うようだった。

「道はいまでもあるではないですか」

「そうではないのよ。もっといい道。広さもしっかりあって、そうね。道の両脇に木が植えてあるといいかもしれない」

それはいい考えだ、と皐月も思った。安心できる道があれば、人も馬もやってくる気持ちになるだろう。

「それはわかるのですが、軍というのはなんですか？　もちろん多いに越したことはないでしょうが」

「いまみなが軍と呼んでいるのは、村人のことだからね。わたくしは、村人ではない軍を作りたいのです」

「どういうことですか？」

「いまの兵は、普段は農民で、戦のときだけ兵になるのよ。だから農繁期にはなかなか兵が集まらない。そうではなくて、一年中戦だけをしている兵を集めたいの」

「それはそうですね。みんな畑が忙しいと戦はしたくない。でも、自分の畑を守りたいから頑張って戦うということもあるのではないですか。雇われた兵士だと不利になったらすぐに逃げてしまう気がします」

「ええ。だから、簡単ではないの。信長様とともに戦うことを誇りに思っているようなひとたちが必要なのよ」

一年中戦ができる敵と戦うのはかなりいやだろう。戦っているだけである種の兵糧攻めをされることになる。

田畑が気になって戦うのがいやになった兵は、士気も落ちるに違いない。いまは、どちらの軍も同じ時期に士気が落ちているから問題がないが、片方だけ士気が落ちるなら天下布武《てんかふぶ》にはたしかによさそうだ。

「まあ、それはあとのことよ。皐月には頼みたいことがあるの」

「なんでしょう」

「負け料理を作ってほしいのよ」

「なんですか。それ」

「負けておめおめと帰ってきた男の気持ちがつらくなる料理」

なかなか厳しい意見である。どうやら、帰蝶様は信長様がいま戦をおこなうことには相当腹を立てているようだ。

といっても、もし美濃を攻めるなら意見も言いにくいだろう。なんといっても相手は帰蝶様の兄なのだ。言葉では憎むと言っていても、肉親の情で言っていると言われかねない。

そして。

なんと桶狭間からわずか十日で、信長様は美濃に戦を仕掛けたのだった。

といっても攻めたのは千人で、あっという間に負けて帰ってきた。そんなに死んだわけでもなくて、なにをしに行ったのかわからないような戦である。

帰蝶様は立腹の様子をまったく見せずに信長様を迎えた。信長様は不機嫌さを隠そうともせずに帰ってくる。

「腹が減った」

言われると、鍋を出した。

信長様はなにも言わずに食べると、しばらくして言葉を発した。

「これはなんであるか」

「雉《きじ》の鍋でございます」

「今日は猪ではないのだな」

「こちらの方がお似合いかと思いまして」

「似合い？」

信長様が怪訝な顔をした。料理に「似合う」という言葉はふさわしくない。

「はい。お似合いです」

皐月は重ねて言った。もしかしたら信長様を怒らせる結果になるかもしれないが、帰蝶様に言われた通り、負けた武将にふさわしい料理を用意したつもりだった。

信長様は、帰蝶様のほうに目をやった。

「謎かけであるか」

帰蝶様が信長様ににこにこと笑顔を向ける。なにも言わない帰蝶様を見て、信長様はややばつが悪そうだった。それから皐月の方を向く。

「これはどんな料理であるか」

「雉というのは、人間を見ると襲いかかってくるのです。弱いくせに。だから簡単に捕まってこうやって煮られてしまうのです」

「織田は雉だというのか」

「少なくともまだ鷹《たか》ではありません」

帰蝶様が言った。

「美濃は鷹か」

「ええ。兄の義龍は性格は悪いですが戦は上手です。いま仕掛けても簡単には勝てないでしょう。疲弊すれば滅びます」

信長様がため息をついた。

「そうであるな。まずは国の力をためるか」

「そして味方を作りましょう。織田には同盟相手がおりませぬ」

美濃の斎藤道三がいなくなったいま、有力な同盟が必要だ。甲斐の武田もいいが、もっと身近な同盟がいないといざというとき困るだろう。

「同盟であるか。誰とするかな」

「松平元康《まつだいらもとやす》殿がいいと思います」

「あれか。しかし、戦は上手かもしれないが小さいぞ」

三河《みかわ》の松平家は、今川家に従属していた。が、桶狭間で今川義元が負けたあと、駿河防衛の名目で岡崎《おかざき》城に入り、そのまま独立してしまった。

今川は義元を失って国の中が混乱しているので戦を起こせないでいた。

「もし松平がふたたび今川につけば、今度は織田が負けるやもしれませぬ。松平は、今回織田が勝利したわけをよく知っていますからね。今川義元は強かったからむしろ勝てたのです。弱い今川に、織田は勝てません」

帰蝶様が言う。

「弱いと勝てないのですか？」

皐月が言うと、帰蝶様が大きく頷いた。

「強い者には油断があるが、弱い者には油断はない。油断せずに大兵力をもってすれば織田に負けることはないでしょう」

「あんなに自信たっぷりにこちらから仕掛けておいて、相手が油断しなかったら負けだって思ってたんですか？」

そうだとすると、まさに薄氷の上を歩いていたようなものだ。もちろん勝ち目はなさそうな戦だとは思ったが、帰蝶様はもう少し計算していると思っていた。

「あの戦は大体負けです。偶然勝ったのですよ」

当たり前のことを聞くな、という顔で帰蝶様が言った。

負けたら本当に今川様の側室になっていたのか、と思う。そう考えると、無茶な戦はやらないに越したことはない。

「では、同盟するのですか」

皐月が聞くと、帰蝶様と信長様が声を揃えた。

「戦」

「同盟するんでしょう」

「する」

やはり二人が声を揃える。

「それなら戦はしなくてもいいのではないですか」

「殺し合いもしないで同盟はできないわ」

帰蝶様が力強く言う。

「なぜですか」

「戦には性格が出るから。殺し合ってみないと信用できるかどうかわからないの」

どういう基準で信用するのかわからないが、とにかく殺し合ってから同盟するか決めるのは大切らしい。

「そういえば、桶狭間でも戦ってたんですよね」

「うむ。なかなかやる」

信長様は楽しそうな顔になった。

「あやつがいなければもう少し簡単に今川義元を倒せたかもしれない」

「そんなに頑張ったんですか」

「うむ。そうだな」

　信長様は、大高城を孤立させるために丸根、鷲津の砦を築いていた。今川義元との戦は大高城が要所だったらしい。

　大軍を支える食料は大高城にあった。だから、大高城を孤立させてしまえば、全軍が飢えることになる。

　戦っている兵士はとにかく腹が減る。殺し合っているのだから当然だ。戦の合間でもなんとか時間を見つけて食べないとまさに死んでしまう。

だから、食料が届かないというのは士気にかかわる。そのうえ、食料を運んでいるときは無防備だから、襲われると苦しい。

　食料に火でもかけられたら目もあてられない。

　砦を攻める兵力は充分でも、食料を守るのはなかなか苦しかった。

　半日食料を止められたら今川の負けである。飢えてくたくたの軍などはいくらいてもただの的《まと》だからだ。

　松平元康は、軍を、砦攻めと食料運搬にうまく振り分けて同時にこなした。今川義元を討ち取ったから結果としては勝ったが、砦の目的は一部果たせなかったといえる。

「子供のころよりもいい男に育っているな」

「お知り合いなんですか？」

「うむ。あいつがまだ子供のころは人質だったからな」

「織田の人質？」

「本当は今川の人質のはずだったのだがな。うちが横取りしたのだ。二年ほど人質をやっていたからそのときに会った」

「仲良しでした？」

「まったく仲良くなかった」

信長様は楽しそうに笑った。

「なんといっても人質だからな。あやつ、俺にはまったく心を許さぬのだ。勘十郎とはそこそこうまくやっていたのだがな」

どうやら、信長様とはうまくいかなかったらしい。もっとも、それは無理もないだろう。いまの信長様だってかなり問題のある人格だが、会った頃はもっとひどかった。

まして子供ともなると、人質からすると近寄りたくもなかったに違いない。

「いまなら手を組めそうだ。懐《なつ》かしい相手だしな」

信長様が気楽に言う。果たして本当にそう信じてもいいのか。相手の方は信長様を懐かしいと思っているのだろうか。むしろ鬱陶《うっとう》しい思い出なのではないかと皐月は思う。

「それならば、戦の前に話し合いをなさってはどうでしょう」

「こちらが相手を恐れていると思われたら面倒くさいからな。話し合いは少し痛めつけてからでないとうまくいかないのだ」

まず最初に痛めつけるというのは皐月には理解できないが、きっと武将というのはそういう生き物なのに違いない。

「そういえば、その前にやることがありましたね」

「何であるか」

「柴田権六ですよ。そろそろすねてしまいますよ」

「であるな」

柴田権六は、勘十郎様の腹心だった。勘十郎様にないがしろにされたので裏切って信長様についたのである。

信長様は桶狭間の戦いには柴田権六を出陣させなかった。裏切りを警戒したのではなく、少し罰を与えたところだったらしい。

しかし、これ以上ないがしろにすると裏切りそうだから、そろそろ心をつかみに行くというところだろう。

「いつものあれを準備してね」

「猪ですね」

食事に猪が出ると怯える武将が多い。人を殺すのは平気なのに猪を食べるのはどうにも怖いらしい。

そして信長様は怯える武将を眺めるのが好きだった。


二日後。柴田様は信長様の所にやってきた。鍋を見て首を傾《かし》げる。

「これはどういった鍋でしょうか」

「猪である」

信長様が言うと、柴田様はしばらく動きを止めた。その間に信長様は美味しそうに鍋の中身を口に運んでいく。

「どうした。うまいぞ」

信長様が食べるのを見て、柴田様も箸を伸ばした。口に入れると、確かに美味しいと感じたらしい。

「これは確かにうまいですな。思ったよりも臭みもない。鍋というのも大変ありがたいです」

「鍋がありがたいんですか」

皐月は気になってたずねた。

「少なくとも毒を盛られる心配はない」

なるほど、と皐月は納得した。勘十郎様を毒殺に導いただけに、次は自分なのかと思うところがあったらしい。

「そういえば津々木様は最近どうされたのですか」

同じく勘十郎様の腹心だった津々木様は最近話に出ない。

「食あたりで亡くなったわ」

帰蝶様があっさりと言った。つまり毒殺したということだ。おそらく勘十郎様と同じ日に殺してしまったに違いない。

死んでいるなら確かに話題には出ないだろう。

「食あたりですか」

柴田様が嬉しそうに言った。

「嬉しいか。権六」

信長様が言う。

「もちろんですとも」

柴田様が胸を張った。

「戦場であれば引けを取ることはありません。しかし、寝屋で勝負をされてはどうにもなりません。こう言っては何ですが無骨な面相ですからな」

柴田様は自分の顎をなでるとニヤニヤと笑った。確かに無骨な顔をしている。恋愛むきかと言われたらそうではないだろう。

戦の腕を顔で評価されたらたまったものではない。裏切りたくなったとしても誰も柴田様を責めることはできないだろう。

「桶狭間では留守番ご苦労であった」

「砦を任せていただいたらもう少し粘ってみせました」

「そう言うな。今権六に死なれては困るではないか」

信長様はそう言うと柴田様の左隣に改めて座った。そうして右手で肩を叩く。

「わしが天下を狙う戦をする時にお前が先がけで走ってもらわねば困るのだ」

信長様の言葉に柴田様はびっくりしたようだった。

「そうなのですか」

「お前の本質は攻めることにある。砦を守るのではなくて敵陣を砕《くだ》く時にお前の力が必要なのだ。しばらくはゆるりとせよ。軽んじているのではない。お前にむいた戦がまだないのだ」

「かしこまりました。その時が来たら命をかけて戦ってみせます」

柴田様は感動した様子を見せた。ということは信長様はしばらくの間柴田様を戦に出すつもりはないのだろう。

「ところで柴田殿。少し尋ねたいことがあるのです」

帰蝶様が世間話でもするような口調で言った。

「なんでございましょう」

「信長様は確かに尾張を統一されたが、人の心がきちんとまとまったとは言い難い。そなたの周りでも信長様に不満を持っている将兵はまだまだいるのではないか」

「確かに公然とは口にしませんが、それなりの数はいるかと思います」

「その人々を軍として編制してほしい。ただの軍ではありませぬ。信長様からの報酬で生活する軍を作りたいのです」

「報酬だけ?」

「そうです。田畑を耕すことのない、一年中戦だけをやる人々です」

「それはまた、すごい話ですね」

柴田様は、信長様に顔を向けた。

「しかしそれは大役でしょう。それがしでよろしいのですか」

柴田様は、その言葉を信じられないようだった。確かに信長様に不満を持った者たちで軍を作り、しかも重要な役を任せるというのは考えにくい。

むしろ、不満のある人たちを一ヵ所に集めて始末してしまうというほうが自然な流れのような気がした。

「疑わしいか」

信長様が言った。

「とても疑わしいですな。集められた者にすれば、殺されそうな気がするでしょう」

柴田様が言うと、信長様は楽しそうに笑い出した。

「そうだな。いつ殺されるのかとびくびくするであろう。言ってしまえばその心もちが罰のようなものだ」

「罰ですか」

「自分たちが厚遇を受けるわけがわからないだろうからな。しかし安心せよ。理由はきちんとあるのだ」

柴田様が身を乗り出した。自分の一生がかかっていることだから、顔つきはものすごく真剣である。

「不満を持った兵が千人いるとして、放置していれば国の損失であろう。しかし彼らが働いてくれるのであれば、それは大きな戦力だ」

それから信長様は重ねていった。

「己に自信があるからこの信長に不満を抱くのだ。やる気がなければそもそも働かないだけで不満も抱くまい」

柴田様も首を縦に振った。

「確かにその通りでございます」

評価されずに勘十郎様を裏切った柴田様としては、信長様の言葉は体によく染みていくのだろう。

「そのようなことでお前を失ったらわしには大変な損失だ。つまり、そやつらを失うのもわしには大きな損失となるのだ」

「左様でございますね」

「権六よ。お主は無骨ゆえ、かえって人望がある。その人望を、わしのために役立てではくれまいか。そのためにお前のことは何も咎《とが》めなかったのだ」

「そのような深い考えがおありだったのですね。感服いたしました」

柴田様は改めて頭を下げた。このようなことを言われたら、信長様のために働かずにはいられないだろう。

領内の不満分子も片がつくに違いない。

柴田様が帰った後、皐月は帰蝶様に声をかけた。

「柴田様はすっかり感心して帰っていきましたね」

「ええ。彼には期待しているから」

「そんなに強いのですか。柴田様は」

帰蝶様は、含みのある笑いをもらした。

「戦には、絶対に必要なものがあるの」

「何でしょう」

「先頭に立って死ぬ部隊よ」

確かにそうだ。よほどのことがなければ死者のいない戦はない。つまり誰かが先頭に立って死ぬということになる。

つまり、信長様は柴田様に最初に死ぬ人々を集めて来いと命じたということになる。

「死ぬ役目なんて、やりたい人いるんですかね」

「たくさんいるでしょう。槍を持って突っ込んでいく人。般若介だってそうじゃない」

般若介は喜んで死んでいきそうだった。

「では、死んでもらうために持ち上げたのですか」

「そうよ」

帰蝶様が当然という顔をした。

「だって天下が欲しいじゃない」

確かに全く犠牲を出さずに天下を取ることはできないだろう。それに男の人たちを見ていると死ぬのがそんなに不幸な感じもしない。不幸なのは待っている男が帰ってこない女の方で、男たちは気楽に死んでいるのかもしれない。

大きなお祭りの中で遊んでいるうちに死んでいる感じがする。

「般若介もそのうち信長様のために死ぬんでしょうね」

「あれは死ぬわね。何か褒美をあげたいなら生きているうちにあげておいた方がいいわよ。子供を作ってもいいかもしれないわね」

「全然そんな相手じゃないですよ」

「そうかもしれないけど、相手が死んだとき後悔しないようにね」

帰蝶様は意味深な顔をした。

それから。

帰蝶様たちは三河攻略のための準備を進めていた。相手の方もどうやら尾張攻略の準備をしているらしい。

その割にはゆっくりとした動きのように見える。

一つには、そう簡単に動けない事情もあるようだった。今川義元のあとをついだ今川氏真《うじざね》は、別に無能な武将というわけではない。

しかし、父親が有能すぎた。周りの武将たちから見ると、今は今川を滅ぼす良い機会に見える。武田信玄が駿河侵攻のために準備を始めたというのも聞こえてきた。

松平元康は、今川氏真には、今川義元の仇討ちをしろとたきつけているらしい。しかし、今川義元を失った状態ではすぐに戦が起こせるわけがない。

松平はそれが不甲斐ないと言って文句を付け、結局西三河を自分の領地として支配してしまった。

元々は松平家の領地だから取り返したといえばそれまでである。桶狭間のために三河の人間はほとんど出陣していたから、今川氏真がどういったところで再び支配するのは難しいように思われた。

そうは言っても今川氏真と正面から戦ってはなかなか勝てないだろう。どうやっても織田と同盟を結ぶ必要はありそうだった。

永禄四年に入って、信長様はそろそろ本気になってきたらしい。毎日慌ただしく木材が準備されている。

「また小屋を作るのですか。現地で材料が手に入ったりしないんですかね」

「木材は乾いていないと駄目だから、現地で調達することはできないわ。それに、材料を全部持っていくからあっという間に小屋ができるの」

補給をしっかりできるというのは戦場においてとても大きい。信長様の計画はまず補給から入る。これは他の大名と全く違うところらしい。

そして、戦は小競り合いから始まった。

最初はお互い少人数で戦う、いくつかの城を巡っての小競り合いである。信長様は西三河の制圧のために戦を仕掛けていた。

驚いたことに松平元康はほとんど動こうとはしなかった。

信長様は、西三河を支配する中条《ちゅうじょう》氏にほとんど言いがかりとしか思えない理屈をつけて攻めていった。松平元康にどのくらい苦戦するのかが心配だったが、援軍にやってくる様子も全くない。信長様が拍子抜けするほどだった。

相手は籠城したが、信長様はかまわず攻めた。今回特に活躍したのは女の鉄砲隊である。相手は出てくると撃ち倒されるので城にこもるしかない。

かといってさほど食料を蓄えているわけではないから、やがて飢えて死んでしまうのもわかっていた。

「女はすごいな」

信長様は心の底から感心していた。

「どこがですか」

「男は戦は得意だが、人を殺すということにかけては女の方が遥《はる》かに上だ。男は自分で血をたぎらせなければ魚をさばくのも恐ろしいものだが、女は違う。人の頭も真桑瓜も全く区別なく撃ち抜くことができる。素晴らしいことだ」

それから、つまらなさそうな顔をすると、水を一口飲んだ。

「しかし今回は元康にはめられたな」

「なかなか頼もしい味方ではないですか」

帰蝶様が笑う。

皐月の全くわからないところで話が進んでいるようだ。

「全然わかりません」

「元康は信長様の力で三河を手に入れようと思ったのよ。おそらく今城にこもっているのは元康を認めない武将なのでしょうね。かといって自分で手を下しては良民に離反されるかもしれないから、見捨てるという形で手に入れるのでしょう」

「見捨てると手に入るのですか」

「同盟を認めるからよこせ、ということでしょうね」

自分の手は汚さないらしい。少しいやらしい性格のような気がするが、二人とも全く気にならないようだ。

皐月は気になる。心が狭いかもしれないが、松平元康という人は後々信長様にとって邪魔な相手になるような気がしたのである。

しかしそんな思惑とは別に、鳴海の城であっさりと同盟は結ばれたのであった。二人はまるで幼馴染のような顔をして歓談した。

そして松平元康はあっという間に自分の領地に帰ってしまった。

「皐月はあの松平元康という男をどう見る」

「わたしは嫌いです。にこやかですけれども、なんだか怖いです。いつもどこかで冷静に物事を測ってるような気がします。信長様もしっかり計画を立てるお方ですが、元康様はなんだかいやらしいです」

「いい勘ね。わたくしもそう思います。それでも天下のためには手を握らなければいけない相手だから」

「天下ってそんなに欲しいですか」

「もちろんよ。そのためには誰の血だって流す」

それから帰蝶様は改めていった。

「女に生まれたというだけで子供を産む以外生まれてきた生きがいがないような世の中は、あってはならない。でもこればかりは男が変えてくれることは絶対にない。だから女が変えるしかないの。わたくしとあなたが」

「ええっ」

皐月が思わず声をあげる。

「わたしも入ってるんですか」

「二人で天下を取るのよ。もちろん信長様も入ってるけど、彼は男だからね。女という意味ではわたくしとあなたの天下布武なのよ」

女として天下を取ろうなんて、どう考えてもまともではない。その上いつのまにか自分が巻き込まれている、ということについ面白くなった。

どうせ死ぬならこの人と一緒に死にたい。

皐月はそう思いながら、帰蝶様の両手を握った。

「もちろん地獄の果てまでお付き合いしますけれども」

そういって言葉を切った。

「帰蝶様はヤバいひとです」

○主な参考文献

現代語訳　信長公記（全）　ちくま学芸文庫　太田牛一　榊山潤訳
現代語訳　家忠日記　中川三平［編］　ゆいぽおと

本書は文庫書下ろし作品です。

|著者| 神楽坂 淳　1966年広島県生まれ。作家であり漫画原作者。多くの文献に当たって時代考証を重ね、豊富な情報を盛り込んだ作風を持ち味にしている。小説には夫婦《めおと》同心の捕り物で人気を博した「うちの旦那が甘ちゃんで」シリーズほか『大正野球娘。』『三国志１～５』『金四郎の妻ですが』『捕り物に姉が口を出してきます』などがある。

帰蝶《きちょう》さまがヤバい 1
神楽坂《かぐらざか》 淳《あつし》
© Atsushi Kagurazaka 2021

講談社文庫
定価はカバーに
表示してあります

2021年１月15日第１刷発行

発行者――渡瀬昌彦
発行所――株式会社 講談社
東京都文京区音羽2-12-21 〒112-8001
電話 出版 (03) 5395-3510
販売 (03) 5395-5817
業務 (03) 5395-3615
Printed in Japan

デザイン―菊地信義
本文データ制作―講談社デジタル製作
印刷―――豊国印刷株式会社
製本―――株式会社国宝社

落丁本・乱丁本は購入書店名を明記のうえ、小社業務あてにお送りください。送料は小社負担にてお取替えします。なお、この本の内容についてのお問い合わせは講談社文庫あてにお願いいたします。
本書のコピー、スキャン、デジタル化等の無断複製は著作権法上での例外を除き禁じられています。本書を代行業者等の第三者に依頼してスキャンやデジタル化することはたとえ個人や家庭内の利用でも著作権法違反です。

ISBN978-4-06-522164-8

講談社文庫刊行の辞

二十一世紀の到来を目睫に望みながら、われわれはいま、人類史上かつて例を見ない巨大な転換期をむかえようとしている。

世界も、日本も、激動の予兆に対する期待とおののきを内に蔵して、未知の時代に歩み入ろうとしている。このときにあたり、創業の人野間清治の「ナショナル・エデュケイター」への志を現代に甦らせようと意図して、われわれはここに古今の文芸作品はいうまでもなく、ひろく人文・社会・自然の諸科学から東西の名著を網羅する、新しい綜合文庫の発刊を決意した。

激動の転換期はまた断絶の時代である。われわれは戦後二十五年間の出版文化のありかたへの深い反省をこめて、この断絶の時代にあえて人間的な持続を求めようとする。いたずらに浮薄な商業主義のあだ花を追い求めることなく、長期にわたって良書に生命をあたえようとつとめるところにしか、今後の出版文化の真の繁栄はあり得ないと信じるからである。

同時にわれわれはこの綜合文庫の刊行を通じて、人文・社会・自然の諸科学が、結局人間の学にほかならないことを立証しようと願っている。かつて知識とは、「汝自身を知る」ことにつきていた。現代社会の瑣末な情報の氾濫のなかから、力強い知識の源泉を掘り起し、技術文明のただなかに、生きた人間の姿を復活させること。それこそわれわれの切なる希求である。

われわれは権威に盲従せず、俗流に媚びることなく、渾然一体となって日本の「草の根」をかたちづくる若く新しい世代の人々に、心をこめてこの新しい綜合文庫をおくり届けたい。それは知識の泉であるとともに感受性のふるさとであり、もっとも有機的に組織され、社会に開かれた万人のための大学をめざしている。大方の支援と協力を衷心より切望してやまない。

一九七一年七月

野間省一

講談社文庫 最新刊

石田衣良 初めて彼を買った日
「娼年」シリーズのプレストーリーとなる表題作を含む8編を収めた、魅惑の短編集！

山中伸弥 平尾誠二・惠子 友　情〈平尾誠二と山中伸弥「最後の約束」〉
親友・山中伸弥と妻による平尾誠二のがん闘病記。「僕は山中先生を信じると決めたんや」

有沢ゆう希 原作：金田一蓮十郎 脚本：徳永友一 小説 ライアー×ライアー
義理の弟が恋したのは、JKのフリした〝私〟？ 2人なのに三角関係な新感覚ラブストーリー！

岡本さとる 駕籠《かご》屋《や》春秋　新三《しんざ》と太十《たじゅう》
悩めるお客に美男の駕籠舁《か》き二人が一肌脱いで……。人情と爽快感が溢れる時代小説開幕！

高田崇史 鬼棲む国、出雲〈古事記異聞〉
出雲神話に隠された、教科書に載らない「敗者の歴史」を描く歴史ミステリー新シリーズ。

神楽坂　淳 帰蝶さまがヤバい　1
斎藤道三の娘・帰蝶が、自ら織田信長に嫁ぐことを決めた。新機軸・恋愛歴史小説！

斎藤千輪 神楽坂つきみ茶屋〈禁断の盃《さかずき》と絶品江戸レシピ〉
幼馴染に憑《つ》いたのは、江戸時代の料理人!? 面白さ天下一品の絶品グルメ小説シリーズ、開幕！

本多孝好 チェーン・ポイズン〈新装版〉
「その自殺、一年待ってくれませんか？」生きる意味を問いかける、驚きのミステリー。

横関　大 炎上チャンピオン
元プロレスラーが次々と襲撃される謎の事件に、夢を失っていた中年男が立ち上がる！

講談社文庫 最新刊

千野隆司
追跡
父の死は事故か、殺しか。夢破れた若者の心は、復讐に燃え上がる。涙の傑作時代小説！

新美敬子
猫のハローワーク2
世界で働く猫たちが仕事内容を語ってくれる。写真満載のシリーズ第2弾。〈文庫書下ろし〉

田牧大和
大福三つ巴〈宝来堂うまいもん番付〉
江戸のうまいもんガイド、番付を摺《す》る板元が「大福番付」を出すことに。さて、どう作る？

輪渡颯介
別れの霊祠〈溝猫長屋　祠之怪〉
あのお紺に縁談が？　幽霊が〝わかる〟忠次らは婿候補を調べに行くが。シリーズ完結巻！

久賀理世
奇譚蒐集家　小泉八雲〈白衣の女〉
のちに日本に渡り『怪談』を著す、若き日の小泉八雲が大英帝国で出遭う怪異と謎。

吉川永青
雷雲の龍〈会津に吼える〉
幕末の剣豪・森要蔵《もりようぞう》。なぜ時代の趨勢《すうせい》に抗い白河城奪還のため新政府軍と戦ったのか？

創刊50周年新装版

折原一
倒錯のロンド〈完成版〉
推理小説新人賞の応募作が盗まれた。盗作者との息詰まる攻防を描く倒錯のミステリー！

法月綸太郎
誰《たそ》彼《がれ》〈新装版〉
脅迫状。密室から消えた教祖。首なし死体。驚愕の真相に向け、数々の推理が乱れ飛ぶ！

原田宗典
スメル男〈新装版〉
都内全域を巻き込む異臭騒ぎ。ぼくの体から強烈な臭いが放たれ……名作が新装版に！

講談社文芸文庫

坪内祐三
慶応三年生まれ　七人の旋毛《つむじ》曲り
漱石・外骨・熊楠・露伴・子規・紅葉・緑雨とその時代
解説＝森山裕之　年譜＝佐久間文子
つL1
978-4-06-522275-1
幕末動乱期、同じ年に生を享けた漱石、外骨、熊楠、露伴、子規、紅葉、緑雨。膨大な文献を読み込み、咀嚼し、明治前期文人群像を自在な筆致で綴った傑作評論。

十返肇
「文壇」の崩壊　坪内祐三編
解説＝坪内祐三　年譜＝編集部
とJ1
978-4-06-290307-3
昭和という激動の時代の文学の現場に、生き証人として立ち会い続けた希有なる評論家、十返肇――。今なお先駆的かつ本質的な、知られざる豊饒の文芸批評群。

講談社文庫　目録

京極夏彦　文庫版 邪《じゃ》魅《み》の雫
京極夏彦　文庫版 今昔百鬼拾遺—月
京極夏彦　文庫版 死ねばいいのに
京極夏彦　文庫版 ルー=ガルー〈忌避すべき狼〉
京極夏彦　文庫版 ルー=ガルー2〈インクブス×スクブス　相容れぬ夢魔〉
京極夏彦　分冊文庫版 姑獲鳥《うぶめ》の夏 (上)(下)
京極夏彦　分冊文庫版 魍魎《もうりょう》の匣《はこ》 (上)(中)(下)
京極夏彦　分冊文庫版 狂骨《きょうこつ》の夢《ゆめ》 (上)(中)(下)
京極夏彦　分冊文庫版 鉄鼠《てっそ》の檻《おり》 全四巻
京極夏彦　分冊文庫版 絡新婦《じょろうぐも》の理《ことわり》 (一)(二)
京極夏彦　分冊文庫版 絡新婦《じょろうぐも》の理《ことわり》 (三)(四)
京極夏彦　分冊文庫版 塗仏《ぬりぼとけ》の宴《うたげ》　宴の支度《したく》 (上)(中)(下)
京極夏彦　分冊文庫版 塗仏《ぬりぼとけ》の宴《うたげ》　宴の始末《しまつ》 (上)(中)(下)
京極夏彦　分冊文庫版 陰摩羅鬼《おんもらき》の瑕《きず》 (上)(中)(下)
京極夏彦　分冊文庫版 邪魅《じゃみ》の雫 (上)(中)(下)
京極夏彦　分冊文庫版 ルー=ガルー〈忌避すべき狼〉(上)(下)
京極夏彦　分冊文庫版 ルー=ガルー2〈インクブス×スクブス　相容れぬ夢魔〉(上)(下)
北森　鴻　花の下にて春死なむ
北森　鴻　香菜里屋《カナリヤ》を知っていますか

北森　鴻　親不孝通りラプソディー
北村　薫　盤上の敵
北村　薫　野球の国のアリス
木内一裕　藁の楯
木内一裕　水の中の犬
木内一裕　アウト&アウト
木内一裕　キッド
木内一裕　デッドボール
木内一裕　神様の贈り物
木内一裕　喧嘩猿
木内一裕　バードドッグ
木内一裕　不愉快犯
木内一裕　嘘ですけど、なにか？
木内一裕　ドッグレース
北山猛邦　『クロック城』殺人事件
北山猛邦　『瑠璃城』殺人事件
北山猛邦　『アリス・ミラー城』殺人事件
北山猛邦　『ギロチン城』殺人事件
北山猛邦　私たちが星座を盗んだ理由

北　康利　白洲次郎 占領を背負った男 (上)(下)
北　康利　福沢諭吉 国を支えて国を頼らず (上)(下)
貴志祐介　新世界より (上)(中)(下)
北原みのり　木嶋佳苗100日裁判傍聴記〈佐藤優対談収録完全版〉
岸本佐知子 編訳　変《ヘン》愛《アイ》小説集
岸本佐知子 編　変愛小説集 日本作家編
木原浩勝　文庫版 現世《うつしよ》怪談(一) 主人の帰り
木原浩勝　文庫版 現世怪談(二) 白刃の盾
木原浩勝　増補改訂版 もう一つの「バルス」〈—宮崎駿と「天空の城ラピュタ」の時代—〉
喜国雅彦　国樹由香　メフィストの漫画
喜国雅彦　国樹由香　本格力〈本棚探偵のミステリ・ブックガイド〉
清武英利　石つぶて〈警視庁 二課刑事の残したもの〉
清武英利　しんがり〈山一證券 最後の12人〉
清武英利　トッカイ〈不良債権特別回収部〉
喜多喜久　ビギナーズ・ラボ
黒岩重吾　新装版 古代史への旅
栗本　薫　新装版 絃《いと》の聖域
栗本　薫　新装版 ぼくらの時代
黒柳徹子　窓ぎわのトットちゃん 新組版

倉知　淳　新装版 星降り山荘の殺人
倉知　淳　シュークリーム・パニック
熊谷達也　浜の甚兵衛
倉阪鬼一郎　大江戸秘脚便
倉阪鬼一郎　娘飛脚を救え〈大江戸秘脚便〉
倉阪鬼一郎　開運十社巡り〈大江戸秘脚便〉
倉阪鬼一郎　決戦、武甲山〈大江戸秘脚便〉
倉阪鬼一郎　八丁堀の忍
倉阪鬼一郎　八丁堀の忍(二)〈大川端の死闘〉
倉阪鬼一郎　八丁堀の忍(三)〈遥かなる故郷〉
倉阪鬼一郎　八丁堀の忍(四)〈隻腕の抜け忍〉
黒木　渚　壁の鹿
黒木　渚　本性
栗山圭介　居酒屋ふじ
栗山圭介　国士舘物語
久坂部　羊　祝葬
黒澤いづみ　人間に向いてない
決戦！シリーズ　決戦！関ヶ原
決戦！シリーズ　決戦！大坂城
決戦！シリーズ　決戦！本能寺
決戦！シリーズ　決戦！川中島
決戦！シリーズ　決戦！桶狭間
決戦！シリーズ　決戦！関ヶ原２
決戦！シリーズ　決戦！新選組
小峰　元　アルキメデスは手を汚さない
今野　敏　ST 警視庁科学特捜班 エピソード１〈新装版〉
今野　敏　ST 警視庁科学特捜班 毒物殺人〈新装版〉
今野　敏　ST 警視庁科学特捜班〈黒いモスクワ〉
今野　敏　ST 警視庁科学特捜班〈青の調査ファイル〉
今野　敏　ST 警視庁科学特捜班〈赤の調査ファイル〉
今野　敏　ST 警視庁科学特捜班〈黄の調査ファイル〉
今野　敏　ST 警視庁科学特捜班〈緑の調査ファイル〉
今野　敏　ST 警視庁科学特捜班〈黒の調査ファイル〉
今野　敏　ST 為朝伝説殺人ファイル〈警視庁科学特捜班〉
今野　敏　ST 桃太郎伝説殺人ファイル〈警視庁科学特捜班〉
今野　敏　ST 沖ノ島伝説殺人ファイル〈警視庁科学特捜班〉
今野　敏　ST 化合 エピソード０〈警視庁科学特捜班〉
今野　敏　ST プロフェッション〈警視庁科学特捜班〉
今野　敏　特殊防諜班 諜報潜入
今野　敏　特殊防諜班 聖域炎上
今野　敏　特殊防諜班 最終特命
今野　敏　茶室殺人伝説
今野　敏　奏者水滸伝 白の暗殺教団
今野　敏　同期
今野　敏　欠落
今野　敏　変幻
今野　敏　警視庁ＦＣ
今野　敏　継続捜査ゼミ
今野　敏　蓬萊〈新装版〉
今野　敏　イコン〈新装版〉
後藤正治　天人〈深代惇郎と新聞の時代〉
幸田　文　崩れ
幸田　文　台所のおと
幸田　文　季節のかたみ
小池真理子　冬の伽藍
小池真理子　夏の吐息
小池真理子　千日のマリア

講談社文庫　目録

島田荘司　異邦の騎士〈改訂完全版〉
島田荘司　御手洗潔のメロディ
島田荘司　Ｐの密室
島田荘司　ネジ式ザゼツキー
島田荘司　都市のトパーズ2007
島田荘司　21世紀本格宣言
島田荘司　帝都衛星軌道
島田荘司　ＵＦＯ大通り
島田荘司　リベルタスの寓話
島田荘司　透明人間の納屋
島田荘司　占星術殺人事件〈改訂完全版〉
島田荘司　斜め屋敷の犯罪〈改訂完全版〉
島田荘司　星籠《せいろ》の海(上)(下)
島田荘司　屋上
島田荘司　名探偵傑作短篇集　御手洗潔篇
島田荘司　火刑都市〈改訂完全版〉
清水義範　蕎麦《そば》ときしめん
清水義範　国語入試問題必勝法〈新装版〉
椎名誠　にっぽん・海風魚旅〈怪し火さすらい編〉
椎名誠　大漁旗ぶるぶる乱風編〈にっぽん・海風魚旅4〉
椎名誠　南シナ海ドラゴン編〈にっぽん・海風魚旅5〉
椎名誠　風のまつり
椎名誠　ナマコ
椎名誠　埠頭三角暗闇市場
真保裕一　連鎖
真保裕一　取引
真保裕一　震源
真保裕一　盗聴
真保裕一　朽ちた樹々の枝の下で
真保裕一　奪取(上)(下)
真保裕一　防壁
真保裕一　密告
真保裕一　黄金の島(上)(下)
真保裕一　発火点
真保裕一　夢の工房
真保裕一　灰色の北壁
真保裕一　覇王の番人(上)(下)
真保裕一　デパートへ行こう！
真保裕一　アマルフィ〈外交官シリーズ〉
真保裕一　ダイスをころがせ！(上)(下)
真保裕一　天魔ゆく空(上)(下)
真保裕一　ローカル線で行こう！
真保裕一　遊園地に行こう！
真保裕一　オリンピックへ行こう！
篠田節子　弥勒
篠田節子　転生
篠田節子　竜と流木
重松清　定年ゴジラ
重松清　半パン・デイズ
重松清　流星ワゴン
重松清　ニッポンの単身赴任
重松清　愛妻日記
重松清　青春夜明け前
重松清　カシオペアの丘で(上)(下)
重松清　永遠《とわ》を旅する者〈ロストオデッセイ　千年の夢〉
重松清　かあちゃん
重松清　十字架

2020年12月15日現在